天才王子の
赤字国家
再生術 6
そうだ、売国しよ
JN131457

「さて、どうしたもんかな」

ナトラ王国王太子

ウェイン

「今頃お兄様は、青い海や白い雲に囲まれて、
楽しく過ごしてるに決まってるわ！」
ナトラ王国王女
フラーニャ

補佐官
ニニム
『……何とか言ったらどうですか』

ソルジェスト王国王女
トルチェイラ
『なかなか似合っておるではないか。
妾ほどではないがな！』

「さあどうだ、ウェイン・サレマ・アルバレスト！
貴殿は私に賭けるだけの価値を見いだすか!?」

ザリフ家新当主
フェリテ

CONTENTS

Prince of genius rise worst kingdom

YES,treason it will do

天才王子の赤字国家再生術6
～そうだ、売国しよう～

鳥羽徹

GA文庫

WESTERN KINGDOMS
西方諸国
EARTHWOLD EMPIRE
アースワルド帝国
巨人の背骨
パトゥーラ諸島
PATURA ISLANDS
ザリフ家本拠
ZARIF STRONGHOLD
SOUTH SEA
南海

第一章　そうだ、南国に行こう

春。

王太子が摂政に就いてから、ナトラ王国には三度目の春が訪れていた。

激動の日々であった。ヴーノ大陸東部に君臨するアースワルド帝国、その皇帝の崩御に端を発した大陸の動乱は、何度となくナトラ王国を危機に陥らせた。後世の歴史家は、よくぞここまで試練が積み重なったものだと呆れることだろう。

しかし歴史家は次にこうも思うはずだ。よくぞそれらを無事に乗り越えてみせたものだ、と。そう、ナトラは乗り越えた。吹けば飛ぶような弱小国と揶揄されながらも、襲い来る苦難をことごとく打ち破ったのだ。

そしてその先頭に立って皆を導いた人物こそ、後に賢王大戦と呼ばれるこの動乱の時代において、重要なキーマンとして歴史家に語られる運命にある王太子、ウェイン・サレマ・アルバレストである。

慎重で堅実な内政方針。時には自ら戦地に赴く行動力。隣国を翻弄する悪魔的外交手腕。そして国民を慮る深い仁愛。まさに絵に描いたような理想の王子だ。

王子がいる限りナトラの未来は明るい。穏やかな春の陽光にも当てられて、ナトラの民の誰(だれ)しもがそんな展望を抱いていた。

――ただし。

どんなに恵まれた場所であろうと、時として空模様は怪しくなるものだ。

ナトラ王国ウィラーオン宮殿にて、今、小さな春の嵐(あらし)がひっそりと生じていた。

「むっすうううううう」

――私は今とっても不機嫌です。

そんな看板を掲(かか)げているも同然の表情で、一人の少女がベッドに座って頬(ほお)を膨らませていた。

彼女の名はフラーニャ・エルク・アルバレスト。ウェインの妹であり、ナトラ王国の王女である。ウェインの摂政就任当初は幼さが目立っていたが、最近は心身共に成長し、ふとした時に大人びた振る舞いを見せるようになっている。

もっとも、今の彼女の様子からは、子供らしさしか感じられないが。

「フラーニャ、いつまでふて腐(くさ)れてるつもりだ」

そんな彼女の傍(かたわ)らで、呆れたように口にするのは一人の少年だ。白い髪と赤い瞳(ひとみ)。フラム人の特徴を持つ彼はナナキ・ラーレイ。フラーニャの従者である。王女に対して不敬ともいえる言葉遣いだが、幼馴染でもある二人にとっては些細なことだった。

「……別にふて腐れてなんてないわ」

つん、とフラーニャはそっぽを向く。

「ふて腐れてるだろう」

「してない」

「してる」

「しーてーなーいー！」

威嚇するかのように声を荒らげるフラーニャ。しかしナナキは言葉を続けた。

「俺に当たり散らすのなら構わないが、せめて外では取り繕った方が良い。官吏達が困ってる」

「うみゅっ」

心当たりがあったのか、フラーニャは痛いところを突かれたという顔になる。

風土か文化か国民性か、明確な理由は定かではないが、歴史的に見てナトラの王族というのは気性が穏やかな人物が多い。

それは現在の王族にも当てはまる。国王オーウェン、王太子ウェイン、王女フラーニャ。そして今は亡き王妃も含めて全員が温厚であり、理不尽な怒りや哀しみで官吏達を翻弄することなど滅多にない。

しかしだからこそ、王族の誰かが不機嫌になると、官吏達は大いに困惑する。経験が少ないため嵐のやり過ごし方が解らず、右往左往してしまうのだ。

(大抵はウェインがどうにかするんだが)

フラーニャが不機嫌になった時は、もっぱら兄のウェインがなだめ役となる。尊敬する兄に諭されては、妹としては矛を収める他にないのだ。

しかし今、その手段は使えない。

なにせ当のウェインがこの宮殿におらず——そも、フラーニャが不機嫌な理由が、ウェインの不在に起因しているのだから。

「ウェインが長く王宮を空けるなんて珍しくないだろうに、まだ慣れないのか?」

「違うの！　私が怒ってるのはそこじゃないの！」

やっぱり怒ってるんじゃないか、と思ったが、口にしないだけの分別はナナキにもあった。

「じゃあ何に怒ってるんだ」

「そんなの決まってるじゃない！」

フラーニャは声を張り上げた。

「よりにもよって、あのトルチェイラ王女と南の島に行ったことよ！」

事の発端は、昨年の秋口に勃発したナトラ王国と隣国ソルジェスト王国の戦争である。

ウェインは策略を用いてソルジェスト軍を打ち破り、敵国王グリュエールを捕縛。多額の身代金や賠償金等を得たわけだが、その際にソルジェストの持つ港の一部を借り受ける権利を入手したのである。

「──古来、河川や海を用いた交易は多くの利益を生むものだ」

執務室にてそう呟くのは、ナトラ王国王太子、ウェインである。

「しかしながらナトラは気候の関係上、一年の半分近く海が凍ってる。これでは海運の恩恵に与るのは難しい」

ウェインの横には補佐官ニニムが控えていた。フラム人固有の白い髪に赤い瞳を携えて、主君の言葉に黙って耳を傾けている。

「その点、ソルジェストの港は一年中使える不凍港だ。これを機に他国との交易の道が開ける可能性は十分にある。そうなれば多くの財を産むはずだ」

ウェインの言葉は全くの道理であった。古来より近くの物を安く仕入れ、遠くの場所で高く売るのが商売の基本である。海路による交易が上手く行けば、その利益は計り知れない。

「──でだ」

と、そこまで言ってから、ウェインはニニムに目を向けて、

「打診した交易の返信、どうだって？」

「全部断られたわ」

「ぬおおおおおおおおおおおおお！」

ウェインはもんどり打った。

「おかしいだろ！　全部ってなんだよ全部って！　こっちが用意してるのは帝国産の商品だぞ！　欲しいだろ！　欲しがれよ！　欲しがってくださいお願いします！」

交易路を得たとしても、ナトラ王国に目立った産業は存在せず、他国に向けた商品としてはパッとしないものばかりだ。そこでウェインは交流のある大陸東側の帝国の商品を買い付け、大陸西部の諸国と交易しようと画策したのである。

が、結果はニニムが語る通り、壊滅だった。

なぜこんなことに、と喚くウェインに、ニニムは呆れながら答える。

「商品じゃなくて、ウェインのしてきたことが警戒されてるのよ」

「はあーん!?　俺のしてきたことってなんだよ！　ちょっと帝国の商品を自国産と偽って売りさばいたり、隣国の情勢不安にかこつけて内乱工作を仕掛けたり、レベティア教の重鎮をぶっ倒して身代金をふんだくっただけじゃん！　どこが悪いっていうんだ！」

「私が為政者だったら絶対に関わらないようにするわね……」

どこに出しても恐ろしい、完全無欠の危険人物である。

「ぬあああああああああ！」

ウェインは頭を抱えて七転八倒する。

「まずい、まずいぞ……！　ソルジェストから支払われた金は戦費を補塡するのにほとんど消えたし、選聖侯のグリュエールと一戦交えたおかげで、レベティア教信者から警戒されてナトラから人が遠のいてる！」

「このままだと収入は減る一方ね……」

「しかも！　しかもさあ！　グリュエールの奴がさあ！」

『なに？　港は借りられても船がない？　ははは、私とそなたの仲ではないか。喜んで貸してやろう。——有料でな』

『なに？　港と船があっても船乗りがいない？　ははは、私とそなたの仲ではないか。喜んで貸してやろう。——有料でな』

『なに？　船と船乗りを揃えても肝心の貿易先が決まってない？　決まってから借りる？　ははは、いかんぞ王太子よ。優れた船と船乗りは多忙だ。決まってから手すきを探すなどと悠長なことをしていては、商機を逃そう。なに、王太子の勇名ならば貿易先などすぐに見つかるとも。——それはそれとして、途中で破棄できない長期間の契約を結ぼうではないか。その方が安上がりだからな』

「——てな具合で契約結んじゃったんだよおおおお！　俺が貿易先を見つけられないって解ってただろあんの豚野郎ああああああ！」

「見事にしてやられたわね……」

「このままだと利益を出せないまま維持費が嵩むばかりだ……！　全くよろしくない……！」

そういうわけで、ウェインとしては早急に貿易先を見つける必要があった。

「各国の首脳陣が国元にいる今こそ話を取り付けたいのに……！」

「今の季節を逃すと、会談のセッティングすら難しくなりかねないわね。なにせ延期された選聖会議が実施されれば、各国はそこで話し合われた内容に対応しなくちゃならないし」

選聖会議。大陸西部の主流宗教であるレベティア教が年に一度催す、レベティア教の最高幹部たる選聖侯が一堂に会するイベントのことである。

この会議は春に西部全域で行われる聖霊祭に合わせて開催されるのが通例だが、選聖侯の多くが国王や公爵といった行政を担う立場も持っている。都合が合わずに延期されることは、これまでもしばしば起きていた。

　しかしそれでもやはり、未開催のまま年を越すということは有り得ない。過去の例を見ても、遅くとも秋には開かれている。今は春とはいえ、うかうかしていては選聖会議の開催が決定して、貿易云々は後回しにされかねない。

「でも警戒されて話し合ってもらえない、と。いっそ東の帝国側に取引先を求めてみる？」

「そうは言っても、ナトラが用意できる最大の商品が帝国の品物だぞ」

　なにせナトラの産業は未だに貧弱である。帝国に出荷したところで買い叩かれるのがオチだ。そして帝国の商品を帝国に売っても、同じことが起きるだろう。

「ソルジェストの商品を帝国に売るか……いやでもグリュエールのことだから、ここぞとばかりに吹っかけてくる、間違いない……！」

　やはり帝国の商品で西側諸国を相手にするのが一番だ。が、ウェインの名は良い意味でも悪い意味でも知れ渡ってしまった。西側諸国と手を結ぶのは一筋縄ではいかないだろう。

　つまり現状としては、貿易開始に時間がかかる。時間がかかればお金が減る。お金が減ればウェインが悲鳴を上げるという悪循環なのだ。どうにかして断ち切らなくてはならない。

　と、その時である。

「邪魔をするぞ！」

　勢いよく扉を開いて、一人の少女が現れた。

「トルチェイラ王女、どうされました突然」

　すっと居住まいを正したウェインはそう口にする。

　彼女の名はトルチェイラ。ウェイン達より少しばかり年下の彼女は、ソルジェスト王国の王女である。すなわちグリュエール王の娘だ。

「なに、父上からウェイン王子が困っているかもしれぬと文が届いてのう」

　彼女はナトラとソルジェストの戦争が終結後、留学という名目で、実質的には人質としてナトラに滞在している。

　しかし彼女の振る舞いから人質らしさはまるで感じられない。むしろふてぶてしさすら感じる態度は、まさに父王グリュエールに通じるものがあった。

「なんでも、せっかく港を借り受けたのに、貿易する先が見つからず苦慮してるとのこと。ここは妾(わらわ)が一肌脱ぐべきと思い、提案を持ってきたのじゃ」

「提案、ですか?」

　言うまでもないことだが、トルチェイラは決してウェインの、ひいてはナトラの味方ではない。彼女が優先するのは、自分と母国ソルジェストの利益である。

　だがそれは互いに承知のことだ。ソルジェストの有利になる提案をされたところで、ウェインは軽くあしらうだけであり、彼女もそれは解っている。その上で提案があるというのだから、最低限話し合いになるだけの内容であるということか。

「……聞きましょう。どのような提案です?」

「うむ、ウェイン王子はパトゥーラという国を知っておるか？」

問いかけに、ウェインは僅かな困惑を滲ませつつ頷いた。

「大陸南端にある海洋国家ですね？」

「いかにも」

パトゥーラ。あるいはパトゥーラ諸島と呼ばれるそこは、ヴーノ大陸の南端から、少し先の海域に存在する国だ。諸島と呼ばれるだけあって、幾つもの小島が連なり、各国との貿易によって生計を立てていることで知られている。

「ソルジェストが貿易によって富を得ていることは知っておろう？　国の位置こそ北と南とはいえ、同じ生業をしているだけにパトゥーラとは多少繋がりがあるのじゃ」

「ほう……それはつまり」

トルチェイラは頷いた。

「パトゥーラを支配しているのはザリフ一族。海導と呼ばれる当代の長はアロイ・ザリフ。妾が仲介すれば彼の者と会談の場を設けられよう。どうじゃ、一つ南方に繰り出してみぬか？」

この提案に、ウェインとニニムは一瞬目を見合わせた。

実を言えば、パトゥーラとの貿易が検討されたことはあった。パトゥーラは東側とも西側ともつかぬ独特の価値観があり、レベティア教はほとんど根付いていないと聞く。その証拠に、ナトラと同じくフラム人が普通に暮らしているという。

ここならば、レベティア教に対してウェインがやらかしたことも気にせず、話し合いに臨んでくれるのでは――と、思われた。

しかしながら、実際に打診する交易候補には残らなかった。

理由の一つは、何と言っても北と南という距離だからだ。近くの物を遠くに持って行くのが交易の基本とはいえ、大陸の正反対は物理的にも心理的にも遠く感じる。

そしてもう一つの理由が、商品だ。

「パトゥーラはナトラと正反対の位置にある国。となれば、ナトラと同様に帝国と近しい距離にあるでしょう。こちらが持って行く商品の需要がないのでは？」

そんなウェインの疑問に、ところがそうでもない、とトルチェイラは答えた。

「帝国は勢力を拡大するにあたって、何度となくパトゥーラを手中に収めようと画策してのう。結局は撥ねのけられて現在に至るが、その経緯から帝国と折り合いが悪いのじゃ。それゆえ帝国の品はあまり出回っておらん」

感情的に帝国と遠く、文化的にレベティア教と遠い。なるほど、距離にさえ眼を瞑れば打って付けの貿易相手といえる。

「それでも心配ならそうじゃな、ソルジェストの品をナトラに卸してもよいぞ。王子と妾の仲じゃ、安くしておこう」

「……」

からかうようにトルチェイラが笑う中、ウェインは素早く考えを巡らせる。

提案としては悪くない。もちろん彼女が仲介出来るのは会談までで、交易の締結がなるかはこちら次第だ。しかし、このまま右往左往して時間を浪費するよりもずっと建設的だろう。

そして恐らくは、ウェインがそう考えることを、グリュエール王は見越している。

(ほんっとムカつくくらい優秀だなあの豚野郎)

ウェインが短期間で貿易相手を見つけられないと、早々に気づいていたのだろう。せっかく手にした港を遊ばせておくなど、性分としてウェインに出来るはずもない。そこで王女を介して助け船を出す。仲介するだけでも売る恩としては十二分。ソルジェストの商品の卸先になれば僥倖。船と水夫を長期で貸し出したのは——まあオマケの嫌がらせか。

しかも腹立たしいことが、そこまで解っていてもなお、これが蹴るにはあまりに惜しい提案だということである。

(今度会ったら豚の丸焼きにしてやる)

そう決意しながら、ウェインは言った。

「申し出に感謝します、トルチェイラ王女。……是非とも仲介をお願いしたい」

「そうこなくては。すぐに文を送るとしよう」

ウェインの親書はトルチェイラの紹介状も添えた上で、すぐさまパトゥーラへ送られ、しばらく後、パトゥーラ側から会談を用意する旨の返事が届いた。

かくして、ウェインは海洋国家パトゥーラへ向かうことになったわけである。

そして現在。

「もう！　もう！　もう！　お兄様ったら！　お兄様ったら！　お兄様ったら！」

ナトラに残されたフラーニャは、ナナキの見ている前で、盛大にご立腹なわけである。

「私だって行ってみたかったのに！　私は留守番で！　なのにトルチェイラ王女は一緒だなんて！　もう！　もう！」

ベッドの上でバタバタと暴れるフラーニャ。このような調子がここしばらくずっと続いているのだ。普段ならばナナキが見える場所に居る時は、はしたない姿をみせないようにと心がけているが、今はその配慮も忘れてしまっている。

これで彼女が生粋の暴君なら、さぞ官吏達に当たり散らしたことだろうが、幸いフラーニャはどこまでも善良な少女なため、誰かに当たり散らすようなことはまずしない。せいぜい寝所の枕が犠牲になる程度である。

とはいえ、主君がこうも不機嫌ではナナキとしても落ち着かない。周囲の官吏からもどうにかしてくれと言われている。慣れないことではあるが、なだめてみることにした。

「フラーニャ」

「なにっ⁉」

「トルチェイラはフラーニャと同じお子様体型だから、ウェインはなびかないと思うぞ」

枕が飛んできた。

ナナキが片手で枕を受け止めるのを横目に、フラーニャは唸（うな）った。

「ふんだ、きっと今頃（いまごろ）お兄様は、青い海や白い雲に囲まれて、楽しく過ごしてるに決まってるわ！　帰ってきたらうんとわがままを言っちゃうんだから！」

窓の外から見える空。

この空の先にいる兄を思いながら、フラーニャはそう決意を固めたのであった。

◆◇◆

そして同時刻。

「――さて」

青い海。

白い雲。

燦々（さんさん）と輝く太陽。

それらを鉄格子越しに眺めながら、牢獄の中でウェインは言った。

「この状況、どうしたもんかな」

ウェイン・サレマ・アルバレストが摂政に就任して、三度目の春。

ナトラ王国は、もはや弱小国家とは言えない国力を持ちつつあった。

この躍進に民達が歓喜に沸く一方で、必然的に諸国からはナトラが油断ならぬ脅威であると認識されるようになる。

後の世において賢王大戦と呼ばれるこの時代。

新たなステージに到達したナトラ王国は、更なる試練を迎えることとなる。

第二章　予期せぬ事態／予期せぬ出会い

群青の海原を、一隻の船が行く。

船体は縦に伸びつつ、横にもずんぐりと膨らみ、さながら縦に半分に割ったドングリのようだ。もっとも、船は小さな丘にも比する大きさである。天を貫くような大樹でもなければ、このようなドングリは生まれないだろう。

俗にキャラックと呼ばれる船種のその船は、交易などで遠洋を航行することを目的とした船だ。櫂による人力ではなく、太い三本のマストに張られた白い帆で、海風を受け止めて前へ前へと進んでいく風力船である。

しかしながら今回の航行において、この船は交易のために海に出たのではなかった。ナトラ王国より出発した使節団代表――すなわち、ウェインを無事にパトゥーラ諸島に送り届けること。それがこの船の役目である。

そして今、当のウェインが何をしているのかといえば、

「ぐえー……」

客室の寝台にて、ぐったりと倒れていた。

船酔いである。

「寄港して陸地に降りれば元気になるのに、また船に乗るとこうなるなんて……よほど船と相性が悪いのね、ウェイン」

椅子に腰掛けつつ、横合いから心配そうに見守るのはニニムである。主君がダウンしているのに反して、彼女の方は元気だった。

「自分でも驚きだ……ただ船の揺れもそうだけど、この気候もな……」

「確かに春先とはいえ、この暑さは参るわね」

パトゥーラ諸島は大陸南端。北端のナトラと気候が違うのは当然である。普段より薄着になってはいるものの、北方で冬を乗り越えたばかりのウェインの肉体は、この急激な気候変化に適応できていないのだ。

とはいえそれでウェインを軟弱と責めるのは少々酷だろう。慣れない船旅に気候の変化を加えてなお、薄着になっただけで十分に適応しているニニムの方が特別なだけといえる。

「今日中にもパトゥーラ諸島に到着するはずだから、それまでの辛抱よ」

「そうだな……そうなってくれるといいんだが」

ニニムの言葉は気休めが半分、事実が半分といったところだ。ソルジェストの港を出立してから大陸を西回りに航行して暫く、物資の補給などのために何度か途中の港に寄港したが、パトゥーラ諸島まで目前という段階に至っている。

そのため、順調ならば今日中に到着するはずなのだが——海の機嫌というのは、人の予想を容易に飛び越える。何かの拍子で嵐にでも巻き込まれれば、無事港に到着できるか解らない。

「とりあえず、俺はしばらくこうしてるから、パトゥーラが見えたら知らせてくれ……」

「解ったわ。じゃあ私は外にいるわね」

ウェインのことは心配ではあるが、自分が傍にいれば船酔いが治るわけではない。「帰りは陸路にしたいぞー……」というウェインの呻き声を背中に受けながら、ニニムは客室を出た。

「——わぷっ」

客室を一歩出ると、そこは甲板だった。濃厚な潮風と強烈な日差しがニニムに浴びせかけられる。風に踊る髪を手で押さえつけながら、ニニムは船首の方へ足を向ける。

「おお、ニニムか」

声はトルチェイラのものだった。従者と共に船の縁越しに海を眺めていたのだろう。揺れる船上でも構うことなく、慣れた足取りでニニムに歩み寄った。

「王子の様子はどうじゃ？」

「快方に向かっておりますが、今しばらくの安静が必要かと」

主君の名誉のため、ニニムは少しばかりの虚実を交えた。

「ふむ、ならばパトゥーラに到着する方が早いかもしれぬな。この雄大な景色を思うさま堪能できぬとは、なんとも惜しいことよ」

海原へ視線を送りながら、トルチェイラは残念そうに頭を振った。

その様子を見つめながら、それにしても、とニニムは思う。

(父親が父親なら、娘も娘ね。なんとも大胆な行動力だわ)

自ら仲介を買って出たとはいえ、仮にも一国の王女が、大陸の正反対まで向かう旅路に同行しようというのだ。おかげでフラーニャは不機嫌になってしまったが、国一番の令嬢とは思えないフットワークの軽さである。

(何となく、ロワを思い出させるのよね)

ニニムの友人にしてアースワルド帝国皇女のロウェルミナ。

学生時代、彼女もまた大胆不敵な行動を多々見せて、何度もニニムを驚かせたものである。


「――へっぷし」

「ロウェルミナ殿下、お加減が?」

「いえ、大丈夫ですよフィシュ。きっと誰(だれ)かが私の噂(うわさ)をしているのでしょう」

「……そのように腹部を露(あら)わにする衣装をお召しですから、お体が冷えたのでは?」

「何を言うかと思えば。いいですかフィシュ、ファッションは気合いです。気合いがあれば寒くても寒くありません。まして今はもう春!　気合いで冬を乗り越えた私なのですから春になっても当然大丈夫なわけです!」

「左様でしたか」

「左様なのです！」

（もちろん、彼女の同行を認めたのは、それがナトラにとっても有益と判断されてのことだけれど）

結局のところ、物事というのは人と人を介して行われる。ただ書簡だけでやり取りするに終始せず、ウェインがこうして現地に赴いているのもそうだ。仲介役たる彼女も隣にいた方が話し合いが円滑に進むのは確実である。

（ただ、そうまでして交易を締結させたいとみるか、単に船に乗りたかっただけとみるか……）

出発当初はナトラに恩を売るための前者だと考えていたが、トルチェイラの船上でのはしゃぎようを見ていると、後者もあり得るのでは、と思ってしまうニニムである。

（ともあれ、私にこうも普通に話しかける時点で、変わり者なのは間違いないわね）

ニニムはフラム人だ。その白い髪と赤い瞳は、レベティア教の教義が原因で、西側諸国において差別対象である。フラム人というだけであらゆる権利は許されず、奴隷として扱われるのが当たり前のことだ。

例えばこの船を操る船員や、トルチェイラの傍に居る従者。彼らはさすがグリュエール王が貸し出しただけあって、こうして白い髪と赤い瞳を晒していても、他国の使節であるニニムを蔑ろにすることはない。しかしそれでも、所作の端々から隔意を感じるのは、気のせいではないだろう。

その点、グリュエール王がそうだったように、トルチェイラからも差別感情を向けられたことはない。なぜか、と一度だけそれとなく理由を尋ねたことがある。

『妾の主は妾のみ。父上であろうと未来の伴侶であろうと、神であってもその領域には踏み込ません。まして紙束ごときに何故妾の意志が左右されねばならぬ。誰かが妾におもねることはあっても、妾は誰にもおもねることはないのじゃ』

自尊心の塊のような主張であるが、不思議と不快感はなかった。それどころか、彼女はそういう人間であり、自分はそのお眼鏡にかなったのだと、素直に受け止められた。

（この距離感もロワを思い出すのよねえ……）

「へっぷしぷし！」

「殿下……」

「い、いえ、大丈夫です！　これは噂！　噂のせいですよ！　確かにちょっと若干たまに寒いかなって思ったりもしますが、ここで諦めたら無理してた私って馬鹿だなって気持ちになりますし、もう後には引けないというか、つまり私は全く寒くありません……！」

「ではこの暖めたハチミツ酒は下げさせましょうか」

「そういう意地悪はよくないと思いますよフィシュ……！」

（今頃(いまごろ)あの子、何してるのかしら）

ハチミツ酒を飲んで一息ついているところだが、ニニムには知るよしもない。

その時だ。

「——島が見えたぞ！」

メインマストの中程に取り付けられた台座——檣楼(しょうろう)部分にて周辺を見張っていた船員の一人が、そう声を張り上げた。

「ようやく到着ですか」

とニニムが口にすると、隣のトルチェイラは頭を振った。

「いや、そうではない。あれはパトゥーラ諸島の入り口じゃ」

「入り口？」

「うむ、諸島というだけあって、この海域に大小様々な島があるのは知っておろう？　それぞれの島を部族や有力者が治めているが、長(おさ)であるザリフ家の本拠地は海域中央部にある島での。見えているあの島を越えてさらに先じゃ」

「なるほど、それであの島は入り口だと」

「そういうことじゃ。まあもう一息の距離であることに間違いはない。……む？」

トルチェイラの視線がニニムの背後に向けられる。釣られて振り向くと、そこには客室から出てきたウェインの姿があった。

「殿下」

ニニムは急いでウェインに駆け寄った。彼の顔色はまだ良くない。足下もふらついている。

「もう起き上がられても大丈夫なのですか？」

「なんとかな。それより、島が見えたって？」

「はい。ですが見えたのはパトゥーラ諸島の入り口に位置する島のようです。本来の目的地はまだ先にあると」

「おおう……」

ウェインはうんざりした様子で船の縁にもたれかかった。

「ふふ、あのウェイン王子の覇気が船に乗っただけでこうも弱るとはのう」

トルチェイラが近づいてくると、ウェインは居住まいを正そうとするが、その動作は緩慢だった。

「失礼、トルチェイラ王女。お見苦しいところを」

「いかに剛の者といえど、老いもすれば病もするのが自然の理よ。むしろ、王子の意外な一面を知ることができて、妾としては嬉しい限りじゃ」

快活に笑うトルチェイラに、ウェインは苦笑を浮かべる。

「王女は変わらずお元気なようですね……私の船酔いは無しにしても、この長い船旅では疲労も溜まるものと思っていましたが」

「妾は船に乗り慣れておるからのう。さすがにパトゥーラ諸島ほど遠方になればおいそれと向かえる場所でないゆえ、今回で二度目になるが」

そうこう言葉を交わしている内にも、船は順調に島へと近づく。このまま島の輪郭をなぞるようにして進み、パトゥーラ諸島のある海域内部へ入るという航路のようだ。

「……妙じゃな」

ふと、トルチェイラがそう呟いた。

「どうかしましたか？」

「付近に船影がまるで見えん。この航路は入り口というだけあって、以前訪れた時は往来する船と何度となくすれ違ったものじゃが」

「そういえば貿易を生業としているという割に、他の船をあまり――っと」

ウェインの眼が島に向けられる。噂をすればというものか。ちょうど島の西側面から一隻の船が姿を現した。ウェイン達の乗る船と同じくキャラック船だ。

なんだ、間が悪かっただけか――そう思っていると、相手方の船が模様のついた旗を複数、マストに掲げた。それを見て、ざわりと船員達の間に動揺が走る。

「おい、あの信号旗は停船命令だぞ」

「どこの所属だ？　ザリフの船か？」

「いや違う、見たことがない旗だ」

「こちらも信号旗を出せ。使節団を乗せた船であることを伝えるんだ」

船員達が慌ただしく動き始める。その内の一人がトルチェイラに向かって言った。

「失礼します、トルチェイラ様。どうも向こうの船の様子が変です。もしかしたら海賊かもしれません」

「海賊じゃと？　この海域ならばザリフが取り締まっておるじゃろう」

「ええ、本来ならそのはずですが……」

船員が言いよどんだところで、見張りが声を張り上げた。

「所属不明船、進路を変えずこちらへ向かって加速します！」

「信号旗の返信を待たずにか⁉　くそっ、やはり海賊か何かか！」

「全員持ち場につけ！　島の東側に回り込んで離脱するぞ！」

この時代の海戦というものは、船の先端に取り付けた衝角（しょうかく）によって敵船を損傷させるか、接近した後に敵船を鉤縄（かぎなわ）で引き寄せ、乗り移って白兵戦を行うというのが主流だ。

これに対してウェイン達の乗る船は本来貿易用のそれであり、衝角も付けていなければ戦闘要員も多くない。相手が海賊だとすれば、真正面からの戦いで勝ち目はないだろう。

にわかに逼迫（ひっぱく）してきた状況に、トルチェイラは緊張を滲（にじ）ませながら船員に問いかけた。

「逃げ切れるかの？」

「……見たところ船足は同程度です。こちらは風も摑(つか)んでいますから、このままいけば逃げ切れます。仮に振り切れなくても、今の距離を維持さえできれば、いずれザリフの警備艦と遭遇できるかと」

言っている間にも船は舵(かじ)を切って島の東側面に回り込む。海賊らしき船は背後から追ってくるが、船員の言う通り距離はじりじりと離れていく。

「ふむ、これならばいけるか？」

「恐らくは。ですが念のため、皆さんは船室の方へ戻っていてください。その方が安全ですし、我々としても安心できますから」

邪魔だから船室で大人しくしていろ、ということだ。ウェイン達は操船に関しては完全な素人(しろうと)であり、客人なのだから、当然の判断である。

ウェインもそれが解っているからこそ、大人しく船室に戻ろうとし——

「右舷(うげん)！　新たに所属不明船を発見！」

見張りが悲鳴じみた報告をあげた。

船に乗る全員の視線が右側、島の方へ向かう。すると今まさにその島影から、こちらが進もうとしている航路を塞(ふさ)ぐようにして、もう一隻の船がぬっと顔を出した。

「取(と)り舵(かじ)！」

「――間に合いません！　衝突します！」

波の揺れとは明らかに違う衝撃と異音が走った。同時に船体が大きく左に傾く。

「――あっ」

その声は果たして誰のものだったか。

奇しくも体調不良から船の縁に摑まっていたウェインと、咄嗟に船員と従者に抱きかかえられたトルチェイラが見つめる中で、ニニムの体が、海に向かって投げ出された。

「ニニム！」

ウェインは一瞬たりとも迷わなかった。

手を伸ばし、ニニムを摑み、持ち得る全ての膂力で以て、強引に彼女と自分の位置を入れ替える。しかし、代わりに自分の体が支えを失い――

「ウェイン！」

ニニムの叫びが響く中で、ウェインは海に落ちた。

一変する景色。途絶する空気。耳鼻に入り込む海水。もがくようにして海面に上がると、今まさに、主君を救出するべく、船から飛び降りようとするニニムの姿が映った。

ウェインは叫んだ。

「来るな！」

ニニムの体が凍り付いた。

同時にウェイン達の船が、衝突してきた船を振り切って再び動き出した。

遠目にニニムとトルチェイラが船員に何事か怒鳴っているのが目に映ったが、船は止まらない。追いかけてくる敵船を突き放すように、全速力で海域を離脱していく。

その光景に、置いていかれたウェインは、

「――ふう」

失望や不安ではなく、小さな安堵の息を吐いた。

あの船と船員はグリュエール王からの借り物だ。彼らが優先するのはウェインではなく、ソルジェストの王女トルチェイラである。ゆえに海賊に迫られている状況で、間抜けにも海に落ちた人間を回収してなどいられない。たとえそれが他国の王族とその従者であろうとも、だ。

（島はすぐそこだ。泳いで到着することは難しくない。ただ問題は……）

口の中に潮の味を感じながら、ウェインは視線を巡らせる。するとすぐ間近に、最初に発見した海賊船が迫っていた。

船はウェインの真横に乗り付けると帆を畳み、動きを止める。そしてすぐ目の前に縄ばしごが下ろされた。

（……乗るしかないか）

人の泳力で船を振り切れるわけがない。逃げようとして矢や銛でも投げ込まれたらひとたまりもないだろう。さらにいえばすぐ近くの島に逃げ込めたとしても、この襲撃してきた連中の根城である公算が大きいときている。

　ウェインは覚悟を決めて縄ばしごを摑むと、それを伝って船上に昇った。

　彼を待ち受けていたのは、幾つもの剣先だった。

「まあ、そうなるよな」

　船員達から突きつけられた刃を前に、ウェインは大人しく手をあげた。

「抵抗する気はないから、武器を下ろしてもらいたい」

　言いながら、ウェインは船員達に素早く視線を走らせる。

（統一された具足（ぐそく）。それも全員に行き渡ってる。武器もそれなりの物だ。軍艦と考えるのが妥当だが、この海域を支配してるザリフ家ではないらしい、か……）

　思考を巡らせていると、この船の長らしき人物が前に出た。

「なかなか肝（きも）が据わってるではないか。ただの下男ではなさそうだな。これならば高値がつくかもしれん」

　ウェインの喉元（のどもと）に刃を突きつけながら男は続ける。

「貴様、あの船はどこから来たもので、どこへ行くつもりだ？」

「……」

　この時点で、ウェインは相手の意図を大方把握した。

　船がどこの所属かは解らない。しかし彼らの目的は十中八九——金だ。

「ソルジェストから来た。目的はパトゥーラの商品の買い付けだ」

ゆえに、返答にはごく自然に虚を混ぜる。金が目的ならば、下手に他国の使節などと伝えるよりも、普通の商人と思われた方が都合がいい。

「ソルジェスト……あの北の辺境からとは、はるばるご苦労なことだ」

「そう思うなら労ってくれるとありがたい。ここだけの話、ついさっき海賊らしき船に襲い掛かられて、海に落ちたところでな」

「ふん、あまり調子に乗るなよ小僧。臨検をしようとしたところ、何を勘違いしたか、あの船が勝手に逃げ去っただけのことだ」

「臨検……？　なんだ、戦争でも起きてるのか？」

「そこまで教えてやる義理はない。せいぜい高値がつくことを祈っておくんだな。――おい、こいつを船倉に閉じ込めておけ！」

男の命令によってウェインは両腕を縄で結ばれ、そのまま船倉へ放り込まれた。

そしてウェインが起き上がる間もなく、船は動き出す。

(全く、予想外の展開だ)

この船がどこへ向かうのか、パトゥーラ諸島で何が起きているのか、そしてこれから自分がどうなるのか。

疑問を積み重ねるウェインを乗せて、船は海上を進んで行った。

◆◇◆

船が停泊したのは、恐らくは軍港として用いられているのであろう施設だった。

港には同じ型の船が何隻も並び、さらに砦(とりで)らしき大きな建築物がすぐ傍にある。一目で堅牢(けんろう)だと解る砦で、警備兵も多く巡回しており、この場所の重要性が窺(うかが)えた。

そしてウェインは船員達によって砦の中に連行される。

どうやらかなり古くからの砦のようで、そこら中に補修の痕跡がある。建設されてから数十年は経(た)っているだろう。しかしうち捨てられていたということはなさそうだ。むしろずっと使われている施設だとウェインは見て取る。

そんなことを考えていると、やがて到着したのは牢屋(ろうや)の前だった。

「そこがお前の牢だ。さっさと入れ」

不衛生極(きわ)まる場所だったが、言われるままウェインは牢の一つに入る。

「後で取り調べをする。大人しくしているんだな」

そう言って牢の鍵(かぎ)を閉めると、船員は去って行った。

その足音が完全に遠くへ消えると、ウェインは小さく息を吐いた。

「さて、どうしたもんかな」

幸いにも手の縄は外されている。ウェインは牢を見渡すと、何か使えるものがないかを調べ始めた。とはいえ案の定というべきか、ろくなものがない。

(まあ牢屋だしなぁ)

次に鉄格子がはめ込まれた通気口に手を伸ばす。人の力でこの鉄格子は外れそうにない。さらに外を見れば空と海が広がっていた。どうやらこの砦は切り立った崖上に作られているようで、仮にこの通気口から外に出られたとしても、崖下に真っ逆さまだろう。

そして当然というべきか、廊下側の鉄格子も壊せる気配はなかった。ウェインは針金一本で鍵開けをする技量などないし、そもそも針金自体が手元にない。

それでも往生際悪く鉄格子を揺らしていると、

「——そこに、誰かいるのですか?」

隣の牢屋から、声が届いた。

男の声だ。牢と牢の間は岩壁で遮られているため、姿は見えない。しかしその声音は随分と弱々しく、疲労を感じさせた。

「ああ、今日からお隣の囚人仲間だ」

ウェインは迷わず声に応じた。相手が誰かは知らないが、今はとにかく情報が必要だった。

「船で商売に来たら捕まってな。今日中に陸に降りるまでは予定通りだが、こんな宿に泊まるとは想像もしてなかったよ」

「それは、申し訳ないことをしましたね……貴方はどこからいらしたのです？」

「ソルジェストだ」

「……それでは、このようなことになって驚かれたことでしょう。実を言うと今のパトゥーラ諸島は、大きな問題に直面しているのです」

「どこかの有力者に反旗を翻された、ってところだろ？」

驚くような気配が壁越しに伝わった。

「ご存知でしたか？」

「いや、ここまで得た情報を元にした推測だ。その反応からして、正解みたいだが」

ザリフ家の影響下にある海域での海賊行為と、彼らが口にした臨検という大義名分。海賊に見えない装備の質。そして一海賊が持てるはずもないこの施設。これらを重ね合わせると、一つの輪郭が浮かび上がる。

すなわち、パトゥーラ諸島の支配者であるザリフ家が、何者かによる攻撃を受けて敗北し、この施設を含めた周辺支配域を奪われた、ということである。

「……仰るとおりです。これは先のザリフ家の海導、アロイ・ザリフが海賊によって殺害されたことに端を発します」

「うげっ」

「どうかされましたか？」

「……いや、なんでもない」

アロイ・ザリフ。ウェインが会談するはずの相手である。ザリフ家が支配域を奪われたという推測を立てた時点で、ある程度の覚悟はしていたものの、やはり実際に死んだとなると、うめき声の一つも上がってしまう。

「その海賊がよほど強かったのか？」

「それもありますが、この時期のパトゥーラには、竜嵐（りゅうらん）という突発的に生じる嵐があるのです。そこに巻き込まれたところを討（う）たれた、と伝わっています」

「竜嵐ねえ……」

ナトラでは起こりえない現象だ。南国の気候ならではということか。

「そして海導（ラドゥ）を失い混乱の中にあったパトゥーラ諸島でしたが、それと同時にとある男が船団を率いて襲撃してきたのです。その勢いは凄（すさ）まじく、パトゥーラ側の統率が取れていなかったこともあり、瞬く間にパトゥーラ諸島の中心部を占拠されてしまいました」

「どう考えても最初の海賊と連動してるな。その男ってのは何者だ？」

「……名をレグル・ザリフ。アロイ・ザリフの長男にして、海の機微（きび）を知る天賦（てんぷ）の才を持ち、一度は次期海導（ラドゥ）の座を約束されていた男です。ですが民に乱暴狼藉（ろうぜき）の限りを尽くした果てに、パトゥーラ諸島から追放されていました」

「なあるほど……」

随分と手際が良いと感じていたが、地元の人間が主導していたと思えば腑に落ちる。

「元は跡継ぎということもあり、パトゥーラ諸島の有力者達も討伐に足並みが揃っておらず、レグルの船団は着々と支配域を広げています。その中で素行の悪い連中が、通りがかりの船を襲い、積み荷の強奪や、人質を取って身代金を得ていると聞きます。貴方はそれに巻き込まれたのでしょう」

「とんだとばっちりだな……」

ウェインが呻いた。会談相手は死んでいるわ、しかも戦争に巻き込まれて捕まるわ、踏んだり蹴ったりである。

「本当に申し訳ありません……」

謝罪の言葉が壁越しに投げられる。しかしウェインは小首を傾げた。

「それ。さっきも謝ってたが、別にそっちが頭を下げることじゃないだろう？」

なにせ騒動の原因はレグル・ザリフとやらなのだ。責任が問われるべきは彼であり、多少範囲を広げてみても、その親たるアロイ・ザリフが含まれる程度だろう。

しかし男は重ねて言った。

「いいえ、これは謝ることなのです。なぜなら私は――」

「おい、何を喋ってる！」

その時、廊下の向こうから複数の兵士が現れた。

兵士達はウェインの牢の前に立つと、鍵を開けてがなり立てる。

「出ろ！　これから取り調べを行う！」

「解った解った、そう怒鳴るなよ」

ウェインは逆らうことなく牢を出た。その最中、視線だけそっと奥の牢屋へと向けると、鉄格子にもたれかかるようにしている、一人の男が垣間見えた。

憔悴した様子の男は、ウェインに向かって小さく「気をつけて」と唇を動かした。

ウェインが連れて行かれたのは尋問部屋だった。

これ見よがしに尋問用の道具が並べられ、床や壁に血の臭いがへばりついている。心が弱い者ならばこの光景だけで身を竦ませてしまうだろう。

そして待ち受けていた尋問官なる男は、高圧的に言い放った。

「先に言っておこう。貴様に交渉の余地は一切無い」

男はウェインを睨み付ける。

「我が軍の臨検を無視し、あまつさえ停船させようとした船に損傷を負わせた上で逃亡した罪は重い。相応の代価を支払わない限り、生きては帰れんぞ」

尋問官の重い声音は、それが脅しではないと相手に思わせる凄みがある。

しかし当然ながら、ウェインにそのような威圧が通用するはずもない。それどころか、尋問官の言葉はウェインに一つの朗報をもたらしていた。

（つまりニニム達は捕まっていないわけだ）

ウェインは二つの意味で安堵する。一つは彼女たちが無事に逃げ延びたこと。もう一つは、これで外部に協力者が存在することになり、ここから逃げやすくなったことだ。

「おい、聞いているのか！」

机を叩いて恫喝する尋問官に、ウェインは言った。

「もちろん聞いてるとも。それで、具体的にいくら支払えば解放してもらえるんだ？」

「ほお、随分と余裕だな？　……だが、これを知ってもすまし顔でいられるか？　いいか、貴様の身代金は、金貨五千枚だ！」

この金額に驚いたのは、尋問官の周りに居る兵士達だ。それもそのはず、身代金は普通ならば金貨数枚、要人であってもせいぜい数十枚だ。船の修繕費などの理由があるとはいえ、五千枚はあまりにも法外である。

（若造が余裕ぶりおって。許しを請わせてやる）

尋問官の横顔から、暗い情念が滲み出る。その様子は、提示された金額が彼の狭量からなる独断であると、周囲の人間に理解させた。

「……なあ」

「おっと、交渉の余地はないと最初に言ったぞ。それと貴様がこれから無礼な口を利けば、その度に百枚ずつ増やすことにする。それでもまだ何か」

「二十万にしろ」

彼の言葉の意味を、ウェインを除く誰一人として理解できなかった。否、正確には理解できたにも拘わらず、その理解が勘違いであろうと考えた。

だがそこにウェインは言葉を重ねる。

「五千じゃ安すぎるって言ってるんだよ。要求するなら、金貨二十万だ」

勘違いではない。その場にいる全員がそう理解し、一拍の後、尋問官が机を叩いた。

「何を馬鹿なことを！　二十万だと⁉　ふざけているのか⁉」

「ふざけてなんてないぜ。俺は本気だ」

ウェインは肩をすくめる。

「俺はソルジェストのロントラ商会ってところの金庫番でな。俺がいないと動かせなくなる金が山ほどあるんだ。二十万なら間違いなく耳を揃えて出して来るさ」

なんだこいつは。まるで意味が解らない。そのような感情が男達に宿るが、だというのになぜかウェインの言葉に彼らは聞き入った。

「うちの船はそうだな……今頃この地で商売してるサレンディーナ商会のところに逃げ込んで

るだろう。ロントラの大事な取引相手の一つだからな。サレンディーナに連絡すればすぐに話がつくはずだ」

「し、しかし……それが本当だとして……そうだ！　一体、何が目的だ！　それほどの財力があったとしても、五千枚払わせるだけでいいはずだ！　何のために上乗せなど！」

「俺は金を稼ぐのが好きだが、それ以上に自分の命が好きでね。あいつらが俺を見捨てたということは、俺の命に安値をつけたということだ。だが、俺はこうして生きてる。あいつらは目利きを間違えたわけだ。だったら相応の損失を受けるのが商人ってものだろう？　ま、ちょっとした意趣返しだと思ってくれていい」

滔々と続く語り口には、威勢もなければ卑屈さもない。ウェインがただ事実を列挙していると誰もが感じた。

そんな彼らにウェインは笑って問いかける。

「それで、どうするんだ？　金貨二十万枚。ここにいる全員の人生を変えられる値段だ。もちろんお前らがこの先も謙虚に慎ましく生きたいというのなら、五千枚を要求すればいいさ。もっとも、そっちに何の損もないのにこの提案を蹴るなんて、俺なら信じられないがね」

それはこの場に居る全員が気づいていたことだった。この取引には一切の損がない。ただ請求する金額を五千枚から二十万枚にするだけ。それだけで十九万五千枚の得だ。

けれど、それが解っていてなお、彼らは困惑のただ中にある。あまりにも突然で、あまりにも法外で、あまりにも美味すぎる話に思考が追いついていかないのだ。

　その心を、ウェインは追い詰める。

「十九万」

　ウェインの言葉に兵士達はギョッとした。

「ダメだなあお前ら、全然ダメだ。こんな簡単な取引にすら迷うようじゃ、身代金を減らさざるを得ない。まだ迷うようなら、さらに下げるぞ」

「なっ、ま、待て⁉」

　いつの間にか場の主導権は完全にウェインが握っていた。しかしそのことに気づける者は、彼以外誰一人としてここにはいない。

「ダメだね、待たない。時間を失うということは金を失うということだ。判断が遅れれば手に入る金は減っていく。当然のことだろう？　さあどうする。早く決めろ。十八万だ」

「わっ――解った！　すぐにサレンディーナ商会とやらに連絡をつける！　それでいいのだろう⁉」

　ウェインは手を叩いた。

「大変よろしい！　だがその前に、俺の牢屋に寝台を運び込んでくれ。ああ、机と椅子もな。上物のワインも必要だ。それと――」

「なっ、ば、馬鹿を言え！　なぜそんなことをしなくてはならん⁉」

「金貨二十万枚のワインを手に入れたとして、野ざらしにしておくか？　牢屋の隅に放っておくか？　しないよな？　価値あるものを価値あるままにするには、相応の労力が必要だ。俺を健康なまま五体満足で引き渡せないようなら、その価値は下がる。これも当然のことだ」

「し、しかしお前は囚人で」

「十七万」

目減りしていく数字に、皆が身を震わせる中で、ウェインは傲然と笑った。

「さあどうする？　──言っておくが、交渉の余地はないぜ？」

「どうしてこんなことに……」

「知るか、さっさと運び込め……！」

ウェインの口車に乗せられた兵士達によって、寝台、机、椅子と、次々と備品が牢屋の中に運ばれていく。

いっそ砦の客室に移送させた方が早かったのではと、兵士達が薄々気づき始めた頃には、むき出しの石畳ばかりだった牢屋は、立派な宿泊場所と変貌していた。

「よし、これで多少はマシになったな」

ウェインはワイン瓶(びん)を片手に寝台に横たわった。

もちろん行軍経験も野営経験もあるウェインからすれば、牢屋で寝泊まりする程度さほど苦にもならないのだが、船に揺られ続けていたウェインにとって、久方ぶりに揺れないベッドに寝ることは極めて重要だった。

「……見事なものですね」

その時、隣の牢屋から声が聞こえた。

「どのような弁舌を振るえば、そのような結果を引き寄せられるのか、想像もつきません」

鉄格子越しに色々な物が運び込まれているのを見ていたのだろう。言葉には感心と苦笑が滲んでいた。

「誠意を持って対話すれば、案外なんとかなるものさ。あんたも飲むか？」

「いえ、それは貴方の力で勝ち得たものです。恩恵に与(あずか)る資格を私は持ちません」

丁重な口調で固辞した後、男は言った。

「それよりも一つお伺(うかが)いしたいことがあります」

一息。

「貴方はもしや、ウェイン王子では？」

「ウェイン王子ぃ？」

そのウェインの反応は、完全なまでに「突然身に覚えのない名で呼びかけられた人間」その

ものだった。

「人違いだな。俺はグレンだ」

慣れた様子で友人の名前を騙りながら、ウェインは猛然と考えを巡らせる。

今、ウェインは兵士達の間で金に繋がる商人という扱いになっている。

これでもしも商人ではなく、他国の要人だと知られたらどうなるか。

無礼を詫びて貴賓室に通すと考えるのは、あまりにも楽観的だろう。なにせ臨検と称して人や物の略奪を行っているような連中だ。自分たちが使節の船を襲撃したと知れば、十中八九ウェインを殺害しての隠蔽を計るだろう。

（俺としては、俺がウェインだと砦の人間に知られるわけにはいかない）

ゆえに、そうなりかねない可能性は全て潰す必要がある。

そのためならば、牢獄の男に嘘を吐くことはおろか、場合によっては始末することも考慮しなくてはならない。

「そう、ですか……人違いでしたか。これは失礼を」

ウェインの内心を知ってか知らずか、男はあっさりと引き下がった。ここで話を切ってもいいが、なぜウェインだと思ったのかも気になるところだ。ゆえにウェインは一歩踏み込んだ。

「ウェイン王子ってのはあれだろ？　北のナトラ王国を率いる若き英雄で、文武両道で外交の達人、おまけに想像を絶するイケメンだとかそんな」

「いえ、容姿に関しては一切聞いたことがありませんが」

「……」

沈黙を挟んだ後、ウェインは気を取り直して言った。

「で、どうして俺がそのウェイン王子だなんて勘違いしたんだ？」

「一つは、貴方の言葉の発音に高度な教育が垣間見えること。二つ目は、時期的にウェイン王子を乗せた使節の船がここパトゥーラを訪れる予定だからです」

ウェインの眼がスッと鋭くなった。

「へえ……王子様と間違えられるなんて、俺の喋り（しゃべ）も大したもんだ。しかし外国の使者の訪問時期なんて、どうしてあんたが知ってるんだ？」

「それは無論、私が知り得る立場だったからです。……そういえば、先ほどは言いそびれましたね。改めて名乗りましょう」

男の声音に強い意志が宿るのをウェインは感じた。

「私の名はフェリテ・ザリフ。先代海導（ラドゥ）、アロイ・ザリフの次男であり、此度（こたび）の反乱を起こしたレグル・ザリフの弟です」

「――――」

ウェインの横顔に驚きが走る。

アロイの息子、フェリテ。存在は聞いていたが、まさかすぐ隣にいるとは。

（しかし、どういうことだ――？）

アロイが死んだとなれば、フェリテは次の海導（ラドゥ）として周囲に担（かつ）がれるはずだ。謀反を起こした兄レグルにとって、すぐにでも殺すべき相手だろう。しかしこうして捕縛されていながら、今もなお彼は生かされている。

（フェリテというのが偽りか？　しかし俺に嘘を言う理由もないはずだが）

ウェインは猛然と思考を巡らせつつ、探りを入れるべく問いを投げようとしたが、それを遮るようにして、複数の足音が廊下の先から向かってくるのを感じた。

仕方なくウェインは会話を打ち切り、牢屋の壁際に寄る。すると複数の兵士と、それを従えるようにして進む一人の男が姿を見せた。服装と周りの兵士の様子からして、かなり高い身分のようだ。

あるいはこの砦の司令官か、と考えるウェインを男は一瞥（いちべつ）するも、そのまま目の前を通り過ぎる。その足音は隣の牢屋の前で止まった。

「ふん、まだ息の根はあるようだな、フェリテ」

「ええ……この快適な牢獄のおかげですよ、兄上」

兄。それではこの男こそが反乱を引き起こしたレグル本人か。そして本当に隣の牢屋の男はフェリテなのか。ウェインは二人の会話にジッと耳をそばだてた。

「いつまで強情を張るつもりだ。まさか、まだ救援が来るとでも？」

「……」

「もはや島中央の制圧は完了した。抵抗している連中に纏まりはなく、奴らを滅ぼすことなど赤子の手を捻るより簡単だ。理解しろフェリテ、貴様の命運はとっくに尽きているのだ」

男――レグルは嘲笑しながら語る。

「貴様は相変わらず島民の未来がどうのと考えているのだろう？　くだらぬ博愛精神だが、それが本物であるならば、一刻も早くこの混乱を収めるため、私の下にパトゥーラの全住民を跪かせるべきだと解るはずだ」

レグルは語気を強めて言った。

「この島の未来を憂うのならば、お前がすべきことは一つしかない――【虹の王冠】はどこにある？　今すぐその在り処を吐け」

虹の王冠。

レグルの口から出た単語に、ウェインは小さく反応を示した。

パトゥーラ諸島について調べた際に何度となく出てきた単語だ。その正体は――

「兄上……私は幼い頃、貴方を尊敬していました」

不意にフェリテが声を発した。

「貴方の船乗りとしての才は、余人の及ぶところではなかった。凡夫たる私にとって、兄上は憧れであり、紛れもなく次代の海導でした」

「ほお、解っているではないか」

ならば、とレグルは続け。

ですが、とフェリテはそれを遮った。

「父と母をその手にかけた貴方に、この島の未来を預けられるものか。今すぐこの地を去れ、レグル・ザリフ！　自らを省みることなく虹の影を追う貴方に、栄光は決して訪れはしない！」

刹那(せつな)、甲高い音が響いた。レグルが鉄格子を殴りつけたのだ。

「貴様ごときが、俺に意見か？　俺がいなくなって、おこぼれで継承権を得たお前が？」

レグルの声からは堪(こら)えきれない憤怒(ふんぬ)が滲みでていた。

「図に乗るなよ愚弟(ぐてい)。その些末(さまつ)な命が今もなお続いているのは俺の慈悲であることを、もう忘れたのか」

「忘れ得ぬものを忘れたのは貴方の方だ。そしてもう貴方がそれを思い出すことはないだろう。……本当に残念ですよ、兄上」

「……どうやら、自分の立場を解らせなくてはならんようだな」

レグルは底冷えするような殺意を纏(まと)いながら言った。

「こいつを尋問室に連れて行け。そしてどんな方法を使ってもいい。虹の王冠の場所を吐き出させろ」

「は、ははっ！」

「喜べフェリテ。苦痛の果てに全てを白状した貴様の首は、俺が手ずからへし折ってやる。……私は上に戻る。何かを喋ったらすぐに知らせに来い」

もはやここでの用はすんだと、レグルは踵(きびす)を返した。

その際、再びウェインの牢の前を通り──その足が止まる。

「……おい、そういえばこの若造は何だ？」

「はっ、その、先日哨戒中(しょうかいちゅう)に発見された不審船から投げ出された船員であり、現在取り調べのため拘束しておりまして……」

「それがどうしてこのような扱いを？」

立派な寝台に机に椅子等、ウェインの扱いはどう見ても囚人のそれではない。

「いえ、それは、その」

どう説明すべきか。兵士がしどろもどろになっているところで、ウェインは助け船を出した。

「いやあ申し訳ない。私は病弱な体なものでして、無理を言って用意してもらったのですよ」

「そ、そうなのです。取り調べを終える前に何かあっては大変ですから、その……」

レグルはウェインの顔色を見た後、鼻を鳴らした。

「ふん、これが病弱とはな。小遣(こづか)い稼ぎするのならば、せめて俺から隠すぐらいのことはしろ。あまり目につくようなら、船ごと海に沈めるぞ」

「はっ、はい！」

何度となく頷く兵を横目に、レグルは最後にウェインを一睨みすると、今度こそこの場を去って行った。

そして残された兵士達によって、フェリテは尋問室に連れて行かれる。

一人になったウェインは、石壁に背中を預けながら、小さく呟いた。

「さて、どうしたもんかな」

ウェインが収監されてから、数日が過ぎた。

その間、ウェインにこれといった収穫はなかった。

なにせレグルに目を付けられたと感じたのか、見張りの兵士達はウェインに対して厳格に対応し、話しかけても一蹴されてしまう。ならば隣のフェリテはといえば、尋問室でよほど痛めつけられているらしく、消耗してまともに会話が出来ない状態だ。

(この様子だと、遠からず死ぬだろうな)

冷徹にそう判断する。もちろんウェインとて、情報源でもある彼を死なせたいわけではない。

しかし、何度となく食料等を鉄格子越しに融通しようとしたが、言葉少なく固辞されてしまっているのだ。これではウェインにもどうしようもない。

（助かる見込みがあるとしたら……）

ウェインは鉄格子がはめ込まれた通気口を見る。格子の一本に白い布が巻かれ、それが外に尻尾のように伸びていた。ベッドの布地を裂いてウェインが作ったものだ。

その布は今、風に煽られてはためいていた。遠くの空には灰色の雲も見える。そして風の音に混ざって、見張り達の声も届いた。

「随分と風が出てきたな」

「この時期は強い風がつきものだが、今年は異常だぜ。これは荒れるかもな」

「警備中の船が転覆なんてしないといいんだがな」

遠くの見張りの声を聞きながら、ウェインはベッドに横たわる。

（……間に合うといいんだが）

心の中で思いながら、彼は静かに瞼を閉じた。


事態が動いたのは、日が暮れてからのことだった。

何か物音がした、とウェインが感じた時、見張りがいるはずの場所からくぐもった声が聞こえた。すぐさまベッドから起き上がると、薄暗い廊下の向こうから誰かが駆け寄ってきた。

「ウェイン……！」

現れたのは、ニニムだった。

ニニムは転がるようにして牢屋の前にやってくると、鉄格子越しにウェインに手を伸ばした。応じて彼女の手が届く場所に身を置くと、彼女の手が顔に触れた。

「ああ、無事で良かった……！」

「なんとかな。そっちも逃げられたみたいで安心したぞ」

「私のことなんてどうでもいいの！　それよりも、ああ、まずはここを開けなきゃ……！」

ニニムは安堵と焦りからか、何度も鍵穴に鍵を入れ損ないながらも、ついに牢屋の扉を開き、そのままウェインに抱きついた。

「怪我は⁉　捕まってる間にどこか傷つけられなかった⁉　体におかしいところは⁉」

「大丈夫、大丈夫だって」

ウェインの全身を忙しなく触診しながら、矢継ぎ早に問いを投げるニニム。そんな彼女を抱きしめ返しながら、なだめるようにしてウェインはニニムの背中を撫でる。

「どうしてあんな無茶をしたの……！　私の代わりに海に落ちるなんて……！」

「ニニムが捕まるよりそっちの方がいいと思ったんだ」

「思わなくていいわよ！　まして実行するなんて！」

「そう言うな。俺にとってあれがベストだ」

納得できないという思いを、ニニムはウェインの胸板を叩くことで表現した。ウェインはし

ばしそれにされるがままになって、

「殿下、ニニム様」

背後からおずおずとかけられた声で、ニニムはパッとウェインの腕の中から離れた。

「お早く。あまり長居はできません」

潜入してきたのはニニムだけではなかった。使節として同行していたナトラの兵が二人、ニニムと共にウェイン救出のために乗り込んでいた。

「ええ、そうね、その通りだわ。――殿下、脱出のための船を用意しております。見つかる前にここから逃げましょう」

こほん、と咳払い(せきばら)いを一つして、ニニムは一人の少女から従者へと意識を切り替える。ウェインはそれに頷き(うなず)、牢を出たが、通路の向こうではなく隣の牢へ足を運んだ。

「殿下……？」

「ニニム、ここの牢も開けてくれ」

「は、はい」

ニニムは戸惑いつつも言われた通りに牢を開け、それから奥に力なく横たわる人影に気づき、素早く近づいて脈を取った。

「どうだ？」

「……生きていますが、相当消耗しています。このままだと危険かと。何者です？」

「パトゥーラにとっての切り札」

ウェインは笑った。

「に、なるかもしれないし、ならないかもしれない奴だ」

「連れていくと？」

「出来るか？」

「追加の荷物がこの者だけならば」

ニニムは近くにいた兵の一人に指示を出し、背負わせる。これで一行は護衛対象が一人、荷物係が一人、道を切り開くのが二人になる。しかしニニムは問題はないと判断した。

「それでは殿下、できるだけ静かに素早く、参りましょう」

ニニムに先導されて、ウェイン達は音もなく通路を進みだした。

砦の司令室にて、レグルは不機嫌そうに外を眺めていた。
彼の計画は概ね予定通りに推移していた。
パトゥーラを追放された後、レグルは他国の有力者と誼を通じ、力を蓄えながら機を待った。
そして海賊を装い、討伐に乗り出した父アロイを嵐に紛れて殺害。混乱するパトゥーラの中央を強襲し占拠。自らが正当なる後継者と宣言し、反抗する各島の勢力を一つずつ武力で従えていく――

順調だ。全てが上手く行っている。

ただ一つ、虹の王冠の行方が解らないことを除けば。

(あれだ……あの秘宝が無ければ俺の支配は完成しない……!)

フェリテが自らを囮にすることで、配下の人間に虹の王冠を持たせて逃がしたことは解っている。その足取りさえ掴めればいいのだが、向こうも相当警戒しているのだろう、未だにそれらしき情報は入ってこない。

「――レグル様、失礼します」

その時、部下の一人が部屋に入ってきた。

「先ほど密偵から報告が」

「虹の王冠について何か解ったか?」

「いえ、それとはまた別件のようです。何でも数日前からヴォラスの下に他国の使節が滞在しているとのことで」

「他国の使節だと?」

パトゥーラ諸島には、海導を支える六人の有力者が存在する。

彼らは海師と呼ばれ、ヴォラスは先代海導の頃から仕える最古参の海師である。抱えている船団は少ないながらも精鋭で、レグルであっても不用意には手を出せない相手である。

「具体的にはどこの使節だ？」

「確定ではありませんが、ソルジェストではないかと。かの国の要人がいることは確認しているようです」

「ソルジェスト……」

レグルの脳裏に考えがよぎる。この騒動を受けてヴォラスが呼んだ——ということはないだろう。いくらなんでも到着が早すぎる。恐らくは偶然来訪とタイミングが重なっただけだ。

ではその上で、もしもヴォラスがソルジェストに救援を求めたらどうなるか。

（いや……介入はあり得ん。そこまで今のパトゥーラに肩入れするような義理も利益もソルジェストにはないはずだ。仮に援軍を送ったとしても、あの最北の国から到着するまでにこちらの状況は片付けられる）

そう結論を出したところで、部下が続けた。

「それと使節は人を探してるようだとも報告があります」

「人？　それはアロイやフェリテではなくか？」

「別のようです。詳細は不明ですが、航海中に使節の船から落ちた人間がいるとかで。かなり重要な人物と推測されます」

「……」

その時、レグルは先日牢屋で見た若者を不意に思い出した。

不貞不貞しくも多くの物を牢屋に運び込ませ、こちらの視線にも臆さなかったあの男。

あの後で部下に聞いた話では、若者はソルジェストの商人を名乗っていたとか。

「……すぐに牢屋に人をやれ。そこにフェリテとは別の男がいる。そいつを連れてこい」

「は？　いえ、かしこまりました」

部下の男は一瞬戸惑ったものの、すぐに頷いて、

「失礼します！」

次の瞬間、荒々しく扉が開かれ、兵士が飛び込んできた。

「ただいま警備の者より火急の報せが！　牢屋より、囚人が脱走した模様です！」

「なんだと⁉」

レグルは目を剝いて窓から外を見やる。

夜の帳に包まれた砦の外は、にわかに風の気配が強まっていた。

ウェイン達一行は無事に砦を脱出していた。
向かう先は砦から離れた場所にある、人気の無い海岸だ。

「殿下、足下にはお気をつけください」

「解ってる」

答えながらウェインはチラリと横を見る。

そこには兵に背負われたフェリテの姿があった。未だに意識は失ったままで、目覚める様子はない。果たして治療が間に合うかどうか。

そんなことを考えている内に、一行は目的地に到着した。そこには一隻の中型の船と、その前で待つ数人の人間がいた。

「おお、皆様、よくぞお戻りに」

ニニム達を見て、彼らは安堵と喜びを顔に浮かべた。

「お陰様で、無事に殿下を救助できました」

「それではこちらの方が……」

「はい、ウェイン殿下にあらせられます」

ニニムに紹介され、ウェインは一歩前に出る。すると彼らはその場に跪いた。

「お初にお目に掛かります、ウェイン殿下。私達は……」

「サレンディーナ商会の者達だな？」

ウェインは目の前に跪く彼らの手を取った。

「貴方たちの協力のおかげで、こうして脱出することができた。感謝する」

「もったいなき……誠にもったいなきお言葉です」

彼らは肩を震わせて言った。

「ナトラ王家が、かつて我らフラム人にかけてくださった温情を思えば、この程度のこと、何のことはありません」

フラム人。そう、ウェインの前に跪く彼らは全員がフラム人だった。

パトゥーラのサレンディーナ商会とは、フラム人が運営する商会なのだ。

(まさかこんな形で手助けしてもらうことになるとはな)

当然ながら、この商会があることはウェインは事前に知っていた。

サレンディーナ商会は規模こそ大きくないものの、パトゥーラ諸島の内部での交易を主に行っており、それゆえ島の各所にツテを持っているという。ウェインはニニムが他ならぬ自分を捜索するため、ここの力を頼ると考えた。そこで身代金を請求するという名目で、商会に連絡させたのだ。

案の定、ニニムはそれでウェインがレグルの船団に捕まり、砦に連行されたことを知る。そこで密かに船で砦近くまで乗り込み、鉄格子に巻かれた布からウェインの所在を見抜き、音を消してくれるこの風の強い日を狙って救出に至ったのである。

「本来なら、遙か南の国で力強く生きているという貴方たちと、正式に席を設ける予定だったのだがな。それがこのような危ない橋を渡らせてしまうことになって、本当にすまない」

「何を仰いますか」

ウェインの言葉に、男は頭を振った。

「私の祖先も他のフラム人と同じく、多くの差別に見舞われていたと聞きます。その中で、遙か北の大地にフラム人を受け入れてくださる国があることは、果て無き荒野を彷徨うがごとき日々を送っていた祖先にとって、励みの灯火となっていたことでしょう。そして長い時を経て、その偉大なる王の血を受け継がれる殿下のご尊顔を拝し、ましてやそのお命をお救いする一助となれたのですから、これ以上の誉れはございません」

彼の言葉はあながち誇張ではなかった。帝国の隆盛によって、今でこそ大陸東部でも人として扱われるようになっているが、それ以前はナトラだけが公的にフラム人を尊重していた。いつかナトラに、という思いがフラム人の心の支えになっていたことは間違いない。

「しかしそのために、サレンディーナ商会は厳しい立場に置かれるだろう？」

「ご安心を。疎まれなれている我らは、いつでも潜み隠れる備えをしております。人さえ無事であれば、後はほとぼりが冷めた頃合いで商いを再開するだけのことです」

「そうか……それならば、事がすんだ後、必ずやその献身に報いることを約束しよう」

「ははっ。ありがたき幸せ」

フラム人達は深く頭を垂れた。

そこに兵が声をかける。

「殿下、出航の準備が整いました」

「そうか。それでは――ん?」

不意に背後に異変を感じ、ウェインは振り向いた。

すると薄闇(うすやみ)の向こう側で、幾つもの火が行き来しているのが見えた。砦の灯(あか)りだ。脱出した時より明らかに数が増えている。どうやら脱獄がバレたようだ。

「急ぐ必要があるな。ニニム、目的地は?」

船に乗り込みながら問いかける。

「はい、現在使節の船はその人員と共に、トルチェイラ王女の知己であるヴォラスという方の庇護(ひご)下にあります。まずはそこに戻ってから今後の方針を立てるのがよいかと」

「ヴォラス……確か海師(ケリル)とかいう有力者の一人だったな。よし解った、それでは」

「――待ってください」

不意に響いた声に、その場にいた全員の動きが止まった。

その視線が一点に集まるのは、兵が今まさに船室に運ぼうとしていた、フェリテであった。

「気がついたか。悪いが、無断で連れ出させてもらったぞ」

ウェインがそう言うと、フェリテは力なく微笑んだ。

「その点については感謝しかありませんから、お気になさらず――ウェイン王子」

どうやら素性はバレているらしい。ぼんやりとでも会話を聞いていたのか、あるいはこの状況から咄嗟に結びつけたのか。

「それよりも今は、船の行き先です。単刀直入に言います。ヴォラスの所へ行くべきではありません」

「なぜだ？」

「この風です」

尋問の傷が疼くのだろう。苦痛を滲ませつつ、フェリテは天を指した。

「この時期にこの風の質……恐らくじきに嵐が来ます。この船ではヴォラスの島に行く途中で動けなくなるでしょう。その間に、追ってくるレグルの船に捕捉されかねません」

「嵐か……」

ウェインは空を見る。気づけば星は陰り、雲が上空を覆っていた。風は今も吹いているが、ここから嵐になるかはウェインには解らない。しかしこの地で生まれ育ったフェリテが言うのならば、一考に値する。

「嵐が来るとして、ならばどうする？　この場に留まるわけにはいかないぞ？」

するとフェリテは次に東を指さす。

「東へ。ここから東の小島に、私の隠れ家があります。私と数人の人間しか知らない場所です。そこならば、追っ手に見つかることなく、嵐を乗り越え……られる……はず……」

「あ、おいっ」

最後まで言い切ることなく、フェリテは再び気を失った。

「……殿下、如何しますか？」

ヴォラスの下へ向かうか、それともフェリテの指示に従うか。

ニニムの問いに、ウェインは数秒考えた後、言った。

「東だ」

かくして船はウェイン達一行を乗せて、夜闇に包まれた海上を、滑るようにして出航した。

第三章 虹の王冠

朝焼けの光が、島を鮮やかに照らし出す。

浮かび上がるのは島の陰影だ。岩や樹林の表面は光によって白く輝き、しかしその背後には色濃い影が伸びる。生い茂る樹林の隙間から差し込む光は、さながら白い弓矢のようだ。

「無事に嵐は去ったか」

部屋の窓枠からその光に向かって手をかざし、ウェインは小さく呟いた。

そこは樹林の奥に作られた家屋だった。海側からはまず見えない窪地に建てられており、なるほど、隠れ家というに相応しい。

ウェイン達一行がこの場所についたのは深夜のことである。

フェリテの予言したとおり雨風によって海が荒れ始め、これは危険かもしれない、というところで丁度この島に到着した。

すぐさま手近な岩陰に船を隠し、島に踏み入ったところで、この家屋を発見。フェリテの言う隠れ家であると判断し、一夜を明かしたのである。

「さて……」

ウェインはベッドから起き上がると、軽く体を動かす。問題はない。そのまま部屋を出ると、廊下には見張りの兵士が立っていた。

「殿下、おはようございます」

ナトラ兵はすぐさま一礼する。ウェインは頷いて声をかけた。

「見張りご苦労。何か異常はあったか？」

「いえ、幸い何事もございませんでした」

答えてから、兵士は顔を僅かに曇らせる。

「ただ、いかんせん人手が足りませぬゆえ、警備も万全とは言えません。出来るだけ早く出立して皆と合流したいところですな」

「確かにそうだな……」

なにせウェインの警備が可能な人員が、ニニムを含めて三人しかいない。交代して休みを取るにしても手薄なのは否めないだろう。同行しているフラム人達は操船のための水夫兼案内人であり、戦闘訓練を受けているわけではない。頼めば請け負ってくれるだろうが、やはり心配は残る。

「そういえばニニムはどうした？」

「はっ。いえ、隣の部屋から出てこられていないので、恐らくはまだ眠られているものかと」

これはウェインにとって少し意外だった。大抵の場合、ニニムはウェインより早く起きて行動しているため、今もそうであると思っていたのだ。

「僭越ながら、殿下が海に落ちてからというもの、ニニム様は寝る間も惜しんで奔走しておりました。殿下の御無事を確認されて疲れが出たものかと」

「ああ……そうか、そうだな」

主君が海に落ちた後のニニムの焦燥と不安は、想像に難くない。こちらは割とのんびり過ごしていたが、それも船が拿捕されていないと解っていたからこそだ。もしも船が拿捕された、あるいはどうなったか解らないとなれば、牢屋の中でさぞ気を揉んでいたことだろう。

「無論、殿下の安否を案じていたのは我らも同じです。今更ではありますが、殿下が御無事で心より安堵いたしました」

「すまないな、今回はさすがに無茶をしたと思ってる」

「次は私が代わりに海に落ちますゆえ、その時はお申し付けください」

「そうならないよう、気をつけるとしよう。──少し、ニニムの顔を見てくる」

ウェインは隣の部屋の扉を軽く叩いた。応答はない。入るぞ、と一言だけ口にして扉を開いた。

ウェインが眠っていた部屋と同様、この部屋も簡素なものだった。隠れ家だけあって、部屋は調度品などほとんどない。目に付くのは棚と寝台くらいなものだ。

そしてその寝台の上で、ニニムは横になって眠っていた。

まだ深い眠りの中にいるのだろう。ウェインの気配にも反応する様子はない。ウェインは寝台の傍に寄って屈むと、そっと彼女の髪に触れた。

心配をかけた、と思う。けれど同時に、これでよかった、とも思う。もしも自分ではなくニニムが、あの海賊じみた連中に捕まっていたらどうなっていたことか。

もちろんニニムのことだ。自分と同じように機転を利かせて乗り切ったかもしれないし、それどころか船を奪うぐらいしたかもしれない。

それでも、それでもだ。あの時迷わず動いたことに、後悔はない。

(……昔の俺が今の俺を知ったら、誰だこいつ、なんて驚きそうだな)

今だって世間的には若者の範疇だが、それ以上に幼かった頃の話だ。

荒れていた、というわけではない。むしろその逆だった。どこまでも平淡で、無味で、周囲に望まれるままの役割をこなしていた。その在り方は、まるで心というものを持っていなかったかのように。

それが一人の少女と出会った結果、今の自分に至るのだから、解らないものだ。

人は良くも悪くも変化するという。自分もその例外ではなかったということだろうか。ただし、自分の変化については間違いなく良い変化だと断言する。なにせニニムが関わっているのだ。彼女によってもたらされた変化が、悪い変化だったなんて、そんなことは考えたくもない。

それでももし、その変化を悪だと主張する輩がいるのならば——その相手は、間違いなく自分の敵になるだろう。

「んっ……」

不意に、ニニムが小さく声を漏らした。

「ウェイン……」

声の理由は、自分の夢を見ているためだろうか。

ここに居ると告げるように、彼女の頬に手をやると、ニニムの手がそれと重なって、

「——仕事がまだ終わってないわ」

ウェインは反射的に手を引いた。

が、その前に凄まじい力で引き寄せられ、首を抱きしめられた。

「ぬおおおお!?　ちょ、ニニムさん！　首！　首極まってるんですけど!?」

「すぴー……あと五分……で終わらせないと締め落とすから……」

「いやこれもう五分っていうか後五秒くらいで落ちそうなんですけど！　起きて！　ニニムさん起きて——————！」

「すぴー」

その後、眠るニニムの絞め技から逃れるため、ウェインは七転八倒を繰り広げた。

「あふっ……」

うららかな陽気を感じて、ニニムは眠りからゆっくりと覚醒(かくせい)した。

思い切り両腕を伸ばして伸びをする。体が軽い。久しぶりに熟睡できたと感じる。

しかし同時に、もしかしたら寝過ぎたかもしれないとも思う。今の時間はどれほどだろうかと、寝台から降りようとして、

「……ウェイン？　何してるの？」

息も絶え絶えで床に横たわるウェインを発見した。

「いやなに……ニニムが起きてこないからちょっと様子を見にな……」

「ああ、やっぱり寝過ごしちゃったのね。ごめんなさい。……でもウェイン、それはそれとして女性の寝室に入り込むなんてよくないわよ」

「とっても反省してる……」

少し赤面しながら諌(いさ)めると、力なくウェインは答えた。寝てる自分の傍で運動でもしていたのだろうか。変な主君だ。

とりあえず外で待ってて、とニニムはウェインを部屋の外に放り出し、手早く身支度を調え

る。出来れば湯浴(ゆあ)みの一つもしたいところだが、この状況だ、贅沢(ぜいたく)は言っていられないと、割り切って部屋を出た。

「お待たせしました、殿下」

「先ほどの五分に比べれば、まるで天国で過ごすような時間だったよ」

何のことかしら、と思いつつニニムは話を進める。

「それではまず、殿下の朝食に取りかかりましょう。幸いにも保存食等が備蓄されていますから、すぐにご用意できます。些(いささ)か簡素な食卓にはなりますが」

「この状況で宮廷料理を持ってこいとは言わないさ」

「恐れ入ります。食事が済み次第、今後の展望について話し合いましょう。気になるのはフェリテ様の容態ですが……」

ニニムがそう口にしたところ、反応したのは警備の兵だ。

「そのことでしたら、お二人が眠られている間に水夫より報告がございました。現在容態は安定し、安静にしていれば快方に向かうと予測されるとのことです。ただ、いつ目覚められるかは断言できないそうですが」

「そうか、それはよかった」

ウェイン達と一緒にこの隠れ家に運び込まれたフェリテは、人手の関係からそのままフラム人の水夫達に面倒を見てもらっている。幸いにも隠れ家というだけあって食料以外に医薬品も多く備蓄されており、それらを用いてフェリテの治療は行われていた。

「後で様子を見に行くとして……となると俺は食事まで手すきになるな」

「私達は追われる立場です。この先不測の事態もありましょう。何かあればすぐ動けるよう、殿下には英気を養っていて頂ければ」

要するに大人しく座っていろ、ということである。

実際今の自分にやれることはほとんどない。下手に動き回っても護衛が困るだけなのは自覚するところだ。

「だったらそうだな……あの部屋を少し見てみるか」

「あの部屋……ああ、そうですね。あそこなら殿下が過ごすのに丁度良いかと」

ウェインは頷く。

二人が口にするあの部屋。

それはこの家屋の奥にある、書斎であった。

◆◇◆

その部屋は、別段名札などが設置されているわけではなかった。

ではなぜそこが書斎であると解るのかといえば、部屋に収められている大量の蔵書が、そうと示しているからである。

「それでは私は部屋の外で待機しておりますので」

「ああ、任せた」

警備の兵を扉の外に置いて、ウェインは書斎の物色を始めた。

部屋は広く、多くの棚が置かれている。が、それ以上に大量の書籍で溢れ、床にまで積まれている。また書籍はしっかりした装丁の物もあれば、紙を乱雑に束ねただけの物もあった。

「ふうん、主にパトゥーラ諸島の歴史資料が多いな。これは……神話か。黄金の槍と白銀の盾を持ち、輝く虹色の王冠を身につけた海神オルベール。パトゥーラの主神だな」

ウェインは昔から本を大量に読むことで家臣に知られている。そしてそれは事実であった。

彼が本を読む理由はシンプルで、学習の一環である。

ウェインはナトラの王太子で摂政だ。財務、税制、法律、軍事、外交等々、国政の多くを担う立場である。税をどの程度上げるか。俸給はどれほど支払うか。飢饉が起きたらどうするか
——日々舞い込んでくる裁定は、家臣との相談を挟むものの、最終的にはウェインが決定しなくてはならないものだ。

ではいかなる基準でそれを裁量すればいいのか?

これが個人的な事情ならば、その場の直感や閃きで乗り切ることも出来よう。しかし事が国政ともなれば、一つの法案といえど、影響を受ける民は万単位だ。直感任せで決定するには、

あまりにも不安が残るところだ。

　そこで登場するのが、長い歴史でナトラに蓄えられてきた資料になる。

　こんな法律を作ったらこんな影響があった。税制をこうしたら国庫がこれぐらい潤って民の反感度がこれぐらい上がった、軍部を放っておいたらクーデターを起こされそうでヤバい等、言わば国家の経験談であるそれら資料は、後の為政者にとって大きな助けになるのだ。

　ウェインが優れた王太子であることに疑念の余地はない。しかし、十代の若者にすぎない彼が希代の名君として立っていられるのは、ナトラが二百年の歴史で培ってきたその膨大な前例によって、彼の政策精度を高めているからに他ならなかった。

「こっちはパトゥーラ諸島の海図に、気候による海の変化……お、船の進化の歴史か。これは興味あるな」

　そういうわけで、ウェインにとって資料を読むことは最早習慣に近いことであり、昨夜到着した際には時間的余裕がなかったため放っておかれたが、彼はここがずっと気になっていたのである。

「面白い……いや、予想以上だ。海洋国家ってだけあって、ナトラとは色々違うな。しかしこれだけの資料が、どうしてこんなところに……」

　上機嫌になりながら独り言を呟いていたその時だ、不意にウェインは顔に風を感じた。

　顔を上げると、傍の窓が開いていたのが解った。資料が飛ばされては困ると、ウェインは窓を閉じようとして——気づいた。窓枠に濡れた足跡があることに。

「————」

居るだろうか、と自問し、居るだろうな、と断言する。

恐らくは自分がこの書斎に来る前に、屋外にて警戒している兵の監視の隙を突いて入り込んだのだ。そして物陰に潜んでいたところで、自分がのんきな顔をしてやってきたのだろう。

(護衛の兵は部屋の外。呼んで、飛び込んできて、俺の前に立って——間に合わないな)

背後に人の気配を感じる。恐らくは、気づいたことに気づかれた。まずいな、と思う。今は短剣すら持っていない。となれば——

すう、とウェインは息を吸った。

「敵襲！」

叫んだ瞬間、ウェインは手元にあった本を背後に投げつけた。

「ぐっ⁉」

何者かの呻き声。本が命中した。確認する間もなく、ウェインは迷わず手近な棚に体を隠しながら、再度本を投げつけようとして、

「それに触れるな下郎！　ここにあるのは若様の所有物であるぞ！」

その声にウェインは手を止める。理由は二つ。若様という単語と、自分が対峙しているのが年若い女だと気づいたためだ。

「殿下！」

そこに護衛の兵が部屋に飛び込んできた。兵の目が捉（とら）えるのは、短剣を手にウェインと対峙する女の姿。彼は迷わず抜刀し、女に斬（き）りかかった。

「ふっ――――！」

兵士の斬撃が棚ごと本を切り裂く。しかしその軌跡の延長線上に女の姿はなかった。信じられない身のこなしで壁を蹴（け）って跳躍し、天井（てんじょう）をかすめるようにして別の棚の上に着地。その視線は兵ではなくウェインを捉える。人質としての価値を見いだしたのだ。

その女に向かってウェインは制止の声をかけた。

「――待て！　俺たちは敵じゃない！」

「戯（ざ）れ言（ごと）を！」

女は止まらず棚を蹴ってウェインに迫る。しかしそこに護衛の兵が割って入った。

「殿下！　お下がりください！」

「いや、双方剣を下ろせ！　恐らく行き違いがある！」

「そのようなことを言ってる場合ではありません！」

怒号が行き交い、ウェインは舌打ちする。どうやってこの場を収めるか。このままでは無駄な犠牲が出かねないと、そう思った時だ。開け放たれた入り口に、二つの人影が現れた。

「殿下！」

人影の片方はニニムだった。朝食の準備をしている最中、騒ぎに気づいて駆けつけたのだろう。服の前掛けすらそのままだ。

そしてニニムと同時に、もう片方の人影も声をあげた。

「アピス!」

その声に、女は驚いて振り向いた。

彼女の瞳(ひとみ)に映ったのは、壁にもたれるようにして立つフェリテの姿だった。

「剣を下ろしなさい。私は無事だ。彼らは敵ではない」

言い聞かせるように告げるその言葉は慈愛で満ちていた。

アピスと呼ばれた女の手から短剣が落ちた。そして彼女は唇を戦慄(わなな)かせながら、フェリテの下に駆け寄り、跪(ひざまず)いた。

「若様! よくぞ、よくぞ御無事で……!」

「ああ、アピス、君も無事でよかった」

肩を震わせる少女に、フェリテは何度となく優しく声をかける。

ウェインは護衛の兵と顔を見合わせると、剣を収めるように無言で指示をし、兵は頷いてそれに従った。

そして一人状況の急変についていけていないニニムは、しばらく反応に迷った後、言った。

「とりあえず、用意する朝食を増やした方がよさそうですね」

「ナトラの王太子殿下とはつゆ知らず、無礼を働いたこと、誠に申し訳ありません」

積もる話もあるだろうが、まずは食事をすませよう——というウェインの提案により、一同はニニムが準備した料理を手早く口にし、そして程々に腹が満たされたところで、真っ先にフェリテの従者であるアピスは頭を下げた。

「加えて、フェリテ様を救って頂いた恩人でもあられるとは……そのような御方に剣を向けたことを、ただただ恥じ入るばかりです」

すると隣のフェリテも頭を下げる。

「この件の不備は私にあります。彼女がここにいる、あるいはここを訪れる可能性を考慮した上でそちらに知らせておくべきでした。どうか許してもらいたい」

二人の謝罪を受けて、卓を挟んで対面に座るウェインは小さく頷いた。

「状況が状況だ。責めるつもりはない」

なにせフェリテは消耗してろくに会話も出来なかったのだ。あの容態の彼にそこまで気を回せというのは酷な話である。

もちろん、いかなる事情があろうと、主に刃を向けられたニニムは納得しかねるという表情をしていたが、抑えるようにと視線で促すと、彼女は渋々同意する。もしもウェインがかすり傷でも負っていれば、もっと拗れていただろう。流血沙汰にならずにすんで一安心といったところだ。

「それよりも、今は建設的な話を進めるべきだろう」

ウェインの提案にフェリテは頷いた。

「そうですね。ではまず、状況の整理をしましょう。ご存知の通り、私はアロイ・ザリフの次男、フェリテ・ザリフです。先代アロイが死亡した混乱の中、兄レグル・ザリフの強襲によって捕縛され、牢に入れられていました」

「そして俺は貿易締結のため、そのアロイに会うためナトラから来た王子様で、レグルの警備船に捕まって同じく囚人になっていたわけだ。一国の王子が並んで牢屋にいたとは、なんとも奇遇なことだな」

「全くです。……しかしやはり貴方はウェイン王子だったわけですね」

「すまないな。あの状況で顔も知らない相手に、その通り俺がウェインだと言うわけにはいかなかった」

「ええ、十分に理解しています」

それよりも、とフェリテの視線が向かうのは、家臣のアピスだ。

「アピス、君に問わねばなりません。なにゆえ君は一人でこの島に訪れたのです？　君には諸島の有力者を纏め上げる任を与えていたはずですが」

「…………」

問いかけに、アピスは苦渋の表情を浮かべた。

そしておもむろにその場に跪くと、絞り出すように言った。

「申し訳ありません……私は、若様の信に背きました……！」

どういうことか、とウェインとニニムが目を見合わせ、その二人の前でフェリテは深く瞑目した。

「奪われましたか……虹の王冠を」

「はいっ……！　誠に申し訳ありません……！」

虹の王冠。

牢屋にいた時、フェリテとレグルの会話で出てきていた言葉だ。また、先ほど書斎で目にした神話の本の中にも登場していたものでもある。

「海神オルベールの所有物にして、それを由来としたパトゥーラの秘宝、だったな」

「ええ、まさしくその通りです。今から百年ほど前、私の先祖にして当時神官であったマレーゼという人物が、海神オルベールより賜ったとして衆目の前に掲げた物が始まりになります」

曰く、その秘宝は一度光を浴びると七色に輝き、空と海を自在に操る力を持つという。そしてパトゥーラが他国から脅かされる度に、当代の海導は虹の王冠の力で撃退してきたとされる。

ナトラ出身のウェインには眉唾ものの伝承だが、パトゥーラの民にとっては違う。虹の王冠にそれだけの力があると、多くの島民が信じている。

この地にレベティア教が根付かないのも当然である。パトゥーラの民にとってこの国は、虹の王冠を介して海神オルベールに守護される、正真正銘の神の国なのだ。

「ちなみに、虹の王冠は実際にそんな凄いものなのか？」

「そうですね……見る人を魅了する魔力、というものは私も感じます。ですが空や海を操るというのは、マレーゼより始まったザリフ家の計略ですよ」

ウェインの問いに、フェリテは頷きつつも言った。

「有事の際に持ち出しては、さも虹の王冠の力で解決したと吹聴する。嵐の到来を予測しては、それを虹の王冠の力と喧伝する。すると最初は懐疑的だった人々も、次第に虹の王冠に権威を感じるようになる。それを百年積み重ね、虹の王冠をパトゥーラの象徴に仕立てあげたのです」

全ては、ザリフ家の地位を盤石とするためだ。虹の王冠が神の力を宿すと思われるほどに、それを所有しているザリフ家もまた権威の衣を着ることが可能になる。

見事な計画だ、とウェインは思う。言うほど簡単なものではない。時には虹の王冠を持ち出したにも拘わらず問題が解決せず、権威が傷つきそうになった時もあったろう。それでも計画を破綻させることなく、百年間、幾度も代替わりしながら、変わることなく虹の王冠の権威を高め続けてきたのだ。

しかし同時に、皮肉な話だとも思う。

つまりは、その計画が成功していたからこそ、虹の王冠を奪われたのだから。

「アピス、裏切ったのは誰です？」

「……ロドルフ様です」

アピスは今にも消え入りそうな声で答えた。

「若様が囮になってくださったお陰で、私は虹の王冠を持ってどうにかレグルめの追っ手から逃れることができました。しかしながら、若様が最初に助力を求める先としていたヴォラス様の周辺は、レグルの手の者が厳重に監視しており、近づくことが叶わず……」

「それでロドルフを頼ったと」

フェリテは天を仰いだ。そして数秒の沈黙の後、ウェインに向かって説明する。

「ロドルフというのは、長くザリフ家を支えてくれていた古株です。海師というパトゥーラ諸島の有力者の一人に数えられ、父アロイも信用していました。ですが……そうか、彼も虹の王冠に魅入られていたか……」

「はい……虹の王冠を持ち込んだ私に、表向きは若様の救出を快諾してくださったものの、若様を見捨ててレグルと他の海師が潰し合ったところで、虹の王冠の権威を用いて自らが海導になる計画を立てていると知り……」

「逃げ延びて、しかしロドルフが裏切ったとなれば他の誰も信用できず、また虹の王冠を奪われた今では私の名のもとに人を集めるのも難しい。せめて自分一人で私を救出しようとして、その備えのためにここに来たわけですね」

「はい……申し訳ありません、若様……」

堪えきれなくなったのか、大粒の涙を流す従者の髪をフェリテは優しく撫(な)でた。

「泣く必要はありませんよ、アピス。窮地ではありますが、最悪ではありません。私も君もこうして無事です。今はそのことを喜びましょう」

そう言った後、フェリテはウェインに向き直る。

「ウェイン王子、私の事情は概ねこのようなものです」

「ああ、どうやらかなり追い込まれているようだな」

「恥ずかしながら。兵も財も権威も今の私にはありません」

その上で、と。

フェリテの眼差(まなざ)しに、力が宿るのをウェインは感じた。

「ウェイン王子、私と共にパトゥーラ諸島の奪還に協力していただきたい」

そう来るだろうな、ということはウェインには解っていた。

フェリテは今や孤立無援。いや、それ以上の絶体絶命の窮地にある。

なぜなら、彼の前に座るウェインは、決して味方ではないからだ。

両者はあくまでも偶然、今この時道行きが重なっているだけにすぎない。

「王子にとって、今の状況が不幸な事故にすぎないことは理解しています。騒動に関わらずにこのまま私達を置いて帰国したところで、誰も責めないでしょう。いえ、それどころか、私の首と虹の王冠の情報を手土産に、レグルの下に戻るという選択肢すらある」

これにギョッとなったのはアピスだ。そこまで考慮に入れていなかったらしい。自らの失言を悟り、ウェイン達に対して身構えようとするが、それをフェリテは制した。

「ですが、こうして今、貴方たちは動いていない。話し合う余地があると私はみましたが、いかがですか？」

「……これは困ったな」

ウェインは苦笑を浮かべる。

「貴殿の首を持ってレグルの下に、か。そのような恐ろしいこと、まるで思いもしなかった。しかし言われてみれば、確かにそういう選択肢もあるな」

もちろん嘘である。とっくにそのことは考慮に入れていた。部屋の外で待機させている兵士二人にも、いつでも突入できるようにと指示を出してある。

「つまりそちらは、どうあってもここで俺を味方につける必要があるわけか。駆け引きをするにはなかなか辛い状況だな、フェリテ殿。僭越ながら、同情申し上げる」

「そうですね、正直、緊張で内臓がひっくり返りそうです。……ですがあえて言わせてもらえば、たとえ必要がなくても、私は貴方を味方に引き入れようとしたでしょう」

「ほう？」

意外な言葉にウェインは興味を惹かれた。

「それはなぜだ？　こう言ってはなんだが、俺の本国は遙か北で、持ち込んでいる人や財も僅かだ。味方につけたところで支援はほとんど望めまい」

「ええ、それは解っています。しかしこうも考えられませんか？　私は兵も財も権も失いました。さらに無様にもレグルに捕縛されたことを加味すれば、私の威信は地に落ちたと言って良いでしょう。そんな私がここからパトゥーラ諸島を取り返そうというのならば――貴方程度、二つ返事で味方につけられなければ話にならない」

くっ――と。

ウェインの喉が小さく鳴った。

それが笑いを堪えるものだと気づいたのは、隣のニニムだけだ。

ゆえに、フェリテは続けた。

「これは前哨戦です。課せられた試練に挑む資格があるのか、ここで貴方を味方につけられるかどうかで、私は自分の器を計ります」

　フェリテの視線は真っ直ぐだ。本心からの言葉であると、その目が告げている。

「……他国の王子を物差し代わりとは、また豪気だな」

　そう言いながら、ウェインの口元には笑みが浮かぶ。

「いいだろう、そこまで言うなら聞こうじゃないか。いかにして俺を味方につける？」

「パトゥーラを奪還した暁には、そちらの提示する条件で貿易を締結します」

「ふむ。他には？」

「船舶及び造船技術の供与。さらに水夫の教導もしましょう」

「素晴らしい。それで？」

「ナトラが他国と戦う際に海軍が必要とあれば、同盟国として助力します」

「なるほど、なるほど……」

　提示された条件に、ウェインは何度か頷いて、

、、、、、

「全く足りないな」

　切り捨てるように言った。

「空手形の大盤振る舞いは大いに結構。しかし、どれもレグルに勝てた後の話だ。貴殿がレグルに勝てると俺に思わせる材料にはなり得ない」

　冷徹な否定に、しかしフェリテもまた怯まない。

「そう仰ることは解っていました。だから最後にもう一つ、そちらに提供します」

「ほう、何を出すと？」

「ザリフの歴史を」

フェリテは言った。

「ザリフ家が記してきた、パトゥーラ諸島の全てを貴方に提供しよう」

「――――」

ウェインが目を見開いた。

その反応に手応えを得たフェリテは、続ける。

「噂に聞く通りの貴方なら解るはずだ、あれの価値が。事実、先ほども書斎にいた。あの資料は私も含めて歴代のザリフ家が集めてきたパトゥーラ諸島の全て。私は、あれを用いてレグルを打ち倒す」

そう、フェリテの狙いは正しい。

ナトラ王家が積み重ねてきた二百年の歴史。その恩恵に与るウェインだからこそ、誰よりも歴史の価値を理解している。

「……それほど重要なものが、なぜこんなところに？」

「強くなり過ぎた虹の王冠の権威は、ついには島民だけでなくザリフ家の一族すら惑わし、あれらの資料を不要なものと思わせた。しかし私はあの資料の運用こそ、ザリフ家の本懐であると考え、ここに保存していたのだ」

一息。

「さあどうだ、ウェイン・サレマ・アルバレスト！　船、人、技術、そして歴史！　これらを前にして、貴殿は私に賭けるだけの価値を見いだすか⁉」

焼け付くような問いかけの後、静寂が部屋を覆う。

アピスとニニムは固唾を呑んで互いの主君を見つめる。

やがて、ウェインはゆっくりと口を開いた。

「……具体的に、今後どう動くつもりか伺いたい」

「私の下に反レグル陣営を築くには、虹の王冠が必須だ。そのためにまずは秘密裏に何人かの海師と接触する。資料の中にはパトゥーラの全海域の精密な海図や、海師についての情報も含まれている。それらを利用して各海師から協力を取り付け、ロドルフから虹の王冠を奪い返し」

「ダメだな」

フェリテの計画を、ウェインは言葉で打ち切った。

「それでは遅すぎる。一人一人説得なんてしていたら、こちらの状況が整うよりもレグルが船団を動かしてロドルフから虹の王冠を奪う方が早いだろう」

「っ……」

言葉に詰まるフェリテ。するとウェインは隣のニニムに言った。

「ニニム、書斎から海図と海師についての資料を全て取ってきてくれ」

「はっ、かしこまりました」

ニニムは迷うことなく指示に従い、部屋を出て行く。

「ウェイン王子、何を……？」

予想だにしない行動に戸惑いをみせるフェリテ。

「なに、フェリテ殿が見事に価値を示したのでな」

フェリテに向かって、ウェインはにっと笑ってみせた。

「だったら次は、俺を味方につけるだけの価値があったと、こちらが証明する番だろう――？」

後にフェリテ・ザリフは、ザリフの歴史書にこう綴る。

この日、この時、この誰も注目しない小さな島の隠れ家で、私は大陸で最高の味方を得たのだと。

◆◇◆

「――遅い！」

パトゥーラ諸島北西部。

そこに点在する島の一つに建てられた屋敷の一室にて、トルチェイラは不満を露わにしていた。

「ええい、いつになったら戻ってくるのじゃウェイン王子は！」

ウェインがレグルの占拠する砦に捕まり、しかしそこから無事に脱出したという報せは、既にトルチェイラの下まで届いていた。

ならば当然こちらへ避難しに来る——はずが、一向にウェインが姿を見せない。

「ヴォラス！　救出が成功しとるのは確かなんじゃろうな⁉」

トルチェイラがキッと視線を傍らに向けると、そこには一人の男性がいた。

本を片手に優雅に座る彼の名はヴォラス。海師と呼ばれるパトゥーラ諸島の有力者である。もう老境といって差し支えない年齢ではあるが、背筋は樫の幹が通っているかのように真っ直ぐと伸びている。物腰こそ穏やかではあるが、加齢による衰えはまるで感じさせない。

「はてさて、潜り込ませている手の者によれば、そのようですが」

本に目を落としながら応じるヴォラス。二人の様子は、さながら孫の癇癪をよくあることと受け流す祖父である。ヴォラスは余裕を感じさせる態度でトルチェイラに告げた。

「恐らくは追跡を避けるため、どこぞの小島にでも潜伏しておるのでしょう。なにせパトゥーラはそういった隠れ場所には事欠きませぬゆえ」

「ぬううう……いい加減、王子の麾下の者達の抑えが効かぬぞ！　いや、本当、さっさと帰ってきて貰(もら)わねば妾(わらわ)超困るんじゃが……！」

ウェインに同行していたナトラの随員は、救出のために向かった数名を除き、全員がトルチェイラの下にいる。しかしながら、彼らは海に落ちたウェインを見捨てることを選んだトルチェイラ側に、反感を抱いていたのだ。

さらに彼らは脱出の報こそ聞いたものの、依然として主君の無事を確認出来ていないことで不安と焦(あせ)りが燻(くすぶ)っている。彼らがいつ爆発(ばくはつ)するか、トルチェイラとしては気が気でなかった。

「まあまあ、トルチェイラ殿。相手の事情もあると思えば、己(おのれ)だけ焦ったところで事は進まぬものです。今はゆるりと構えなされ」

「それが出来れば苦労はせぬわ！　というよりヴォラス、そなたとて今はのっぴきならぬ状況であろう！　なぜそのように悠長にしていられるのじゃ！」

レグルによってパトゥーラ諸島の中心部が占拠され、着々とその勢力が拡大しつつあることは、トルチェイラも知るところである。当然ヴォラスとしても対応に追われているはずなのだが、この老人はまるで何事もないかのように泰然としている。

「確かに今のパトゥーラには嵐が巻き起こっておりますな。されど先ほども言った通り、焦ったところで事は進みませぬ。潮目(しおめ)が変わるのを静かに待てばよいのです」

「変わる前に嵐に呑まれたら如何(いかが)する⁉」

「その時は、海の藻屑(もくず)となりましょう。なに、海に生まれて海に育った者としては、十分すぎる死に様ですな」

「くっ……！　そうじゃった、此奴は父上と気が合うような奴じゃった……！」

トルチェイラがヴォラスの庇護下にいるのは、実は父王グリュエールとヴォラスの個人的な友誼によるものである。かつてグリュエールがパトゥーラを訪れた際に饗応役として白羽の矢が立ったのがヴォラスだ。その際、波長が合ったようで二人はすぐさま意気投合。酒を浴びるように飲みながら、二人で船団を率いて近隣の海賊を倒して回ったという。

「まあ我が身に何があろうとも、トルチェイラ殿が逃げる道は用意しておりますので、そこはご安心を。それでも落ち着かぬというのであれば、私のように本でも読まれてはどうでしょう」

ヴォラスは自分が持っていた本を示す。

「これなど私は気に入っておりましてな。海神オルベールが黄金の槍と白銀の盾を持ち、近海にて荒ぶる海竜を討伐せしめるという神話の本で」

「興味が湧かぬ！」

ばっさりと切り捨てられ、さしものヴォラスも苦笑を浮かべる。

「ええい、もうよい！　かくなる上は余ってる食材を片っ端から調理して気張らししてくれるわ！」

「はっはっは、先日からこんなにもトルチェイラ王女の料理を堪能できるとは、グリュエール王ですら羨ましがりそうですな」

のんきに笑うヴォラスを置いて、トルチェイラは調理場へ向かおうとする。

二人の前に伝令が飛び込んできたのは、その時のことだ。

「失礼します！　ヴォラス様、火急の報(しら)せが！」

「落ち着け、焦るでない。……して、何が起きた？」

「はっ、それが――」

伝令の報告に、トルチェイラは驚き、ヴォラスは小さく呟(つぶや)いた。

「どうやら、潮目が変わったようだ」

「虹の王冠の在(あ)り処(か)が解っただと⁉」

フェリテが牢を脱走してから十数日。

そこかしこに網を張っているにも拘(かか)わらず、一向にフェリテを捕まえられないことに苛立(いらだ)ちを隠せないでいたレグルは、配下からのその報せに思わず席を立った。

「どこだ！　どこにある⁉」

「はっ、確定した情報ではありませんが、海師(ケリル)ロドルフが所有している可能性が極めて高い模様です」

「ロドルフ……あいつか……」

レグルの脳裏にロドルフの姿が浮かぶ。海導アロイ・ザリフに重用されていた海師の一人だ。最後に見たのは自分がパトゥーラ諸島を追放される前のことだが、まだ生きているのならばヴォラスと同じく老齢のはずだ。

「所持しているのはヴォラスではないのだな？」

「はい。最近になってロドルフが虹の王冠を隠しているという噂がいくつか入り、それを踏まえて調査したところ、それらしき物を見たという証言をいくつか得られました」

伝令は続ける。

「現在ロドルフは配下の船を増やした上で、屋敷に籠もってほとんど表に姿を見せないそうです。また、手配されているアピスらしき人物を付近で目撃したという証言も得られました。その際に大きな荷物を抱えていたとも」

「ふむ……」

今のパトゥーラ諸島の状況を思えば、戦力を増やしていること自体はさほど不思議ではない。しかしアピスらしき人物が目撃されたというのは重要だ。あれはフェリテの腹心であり、強襲をかけた際にも見つかっていない。フェリテがアピスに虹の王冠を託したというのは、十分に考えられることだ。

だが、腑に落ちないところがある。

「……ヴォラスの方に動きはあるか？」

「はっ。いえ、特に報告は上がっておりませんが……」

「チッ、何を考えているあの老いぼれめ」

レグルはフェリテがヴォラスと合流すると予想していた。

理由はフェリテと共に脱出したあの若者だ。ソルジェストの重要人物らしく、捕まってすぐに脱出している。身代金を要求するのに仲介した商会も、今やもぬけの空とのことだ。この迅速な動きから、恐らく救出はあの若者が目的で、フェリテはオマケだったと考えられる。

となれば脱出した後、あの若者は使節の船が滞在しているヴォラスの下に向かうと考えるのが自然だ。フェリテとしても、海師の誰かを頼ることに異論はないだろう。

そしてフェリテがヴォラスの庇護下に入れば、次は必ず虹の王冠を回収しようとするはずだ。そこを抑えるつもりだったが、ここでまさかのロドルフである。

「ロドルフの下にフェリテの姿はあったか？」

「いえ、それは確認されておりません」

「……」

虹の王冠はある。しかしフェリテの姿はない。そしてロドルフは沈黙し、レグルに対して徹底抗戦を呼びかけることもしていない。

（俺に対して反抗するつもりなら、虹の王冠とフェリテを担ぎ上げるはずだ。しかしむしろ虹の王冠を秘するようにしている。……フェリテを殺害し、虹の王冠だけを奪ったか？）

あり得る話だ。レグルは野心を持っているのが自分だけなどとは思っていない。むしろパトゥーラ諸島の誰もがあの虹の王冠を欲しているとすら考えている。

それを裏付けるように伝令は言った。

「こちらも未確定ではありますが、他の海師（ケリル）が動きを見せているとのことです。彼らもまた同様の情報を手に入れ、虹の王冠の奪取を狙（ねら）っているのかもしれません」

「……悠長にはしていられんわけか」

気になるところはある。ロドルフの下に虹の王冠があるという噂。これがどうにも作為的だ。状況を意図して動かそうという思惑がチラついている。

フェリテか、ヴォラスか、あるいは別の誰かか。レグルはしばし考えて、しかしその思考を放棄した。自分はパトゥーラ諸島の全てを把握しているわけでもない。追放され、ついこの間戻ってきたばかりなのだ。無論、この計画のために下調べは欠かさなかったが、直（じか）に過ごしていなければ得られない情報もあろう。これ以上答えのない疑問を追うのは時間の無駄だ。

「どちらにせよ、全員叩き潰すのだからな」

レグルは証明しなくてはならない。かつて追放されたこのレグル・ザリフこそが、パトゥーラ諸島を治める絶対的な支配者であると。

ゆえに、虹の王冠は手に入れた上で、先代アロイに従っていた海師（ケリル）達は全て滅ぼす。こうすることで、追放が間違いであったと誰もが認めることだろう。

「船を用意しろ。ロドルフを攻め滅ぼし、虹の王冠を俺が手に入れる！」

レグルは高らかに宣言した。

それはさながら、虹を閉じ込めた貝殻のようだった。

赤、青、黄、緑――渦巻く貝の中に様々な色が散らばり、重なり合い、そして煌めいている。

呼吸すら忘れてしまいそうになる圧倒的な存在感。僅かな明かりしかない室内であっても、その輝きが曇ることはない。

これこそが虹の王冠。

万民が認めるパトゥーラの至宝である。

人であろうと獣であろうと、これを見て心を奪われずにはいられない――そう思わせるだけの魔力が、そこにはあった。

「ああ、なんと美しいのだ……」

そして今、まさに虹の王冠に心を奪われた男が一人、侍るようにして立っていた。

男の名はロドルフ。パトゥーラに六人いる海師の一人にして、虹の王冠の簒奪者である。

「ようやく手に入った……この輝きが、ついに私の物になったのだ」

ロドルフが初めて虹の王冠を見たのは、幼少の頃だ。

当時の彼は海賊団の一員だった。親に捨てられて餓死寸前のところを海賊達に拾われ、そのまま丁稚として働いていたのである。

海賊達は粗野で乱暴だったが、いつも陽気な連中で、自分に良くしてくれた。捨て子だった自分にとって、彼らこそ家族であった。いつか彼らと共に戦い、冒険をするのだと思っていた。

しかしその未来は、他ならぬ自分の手で崩れ去る。

海賊討伐のために現れたパトゥーラの船に捕まり、当時の海導であるザリフ家の人間の前に引っ立てられた時、ロドルフは目にしたのだ。虹の王冠を。

それは雷が落ちたかのような衝撃だった。どんなに目を逸らそうと思っても逸らせない力がそこにはあった。そして海導が言うのだ。この虹の王冠が、今日からお前の主だ、と。これに仕え、これに侍り、これに尽くすのだ、と。

違うと言おうとして、声が出なかった。見つめる内に虹の王冠の輝きは増していき、その光が生き物のように両眼に入っていくのを感じた。脳髄の奥までも輝きで満たされ、そして光かが耳元で囁いた。——さあ、仲間を売れ。

気づけば、家族とまで思っていた海賊団の居場所を口にしていた。

海賊達は全員が捕まり処刑され、自分は放逐された。

ロドルフには哀しみも後悔もなかった。なぜならば、彼は主の望むことをしたのだから。それから彼は取り付かれたように船乗りとしての腕を磨き、海師（ケリル）となった。長への忠誠も郷土愛もない。ただ主の傍で仕えるためにそうしたのだ。

そしてつい先日アロイが死亡し、レグルからの追撃を逃れたアピスが虹の王冠を持って訪れた時、彼は再び虹色の声を聞いた。

――全てを手に入れよ。

ロドルフに、否やはなかった。

「誰にも渡さぬ。これは永遠に私の物だ……」

虹の王冠を撫（な）でさすりながら、恍惚（こうこつ）の表情でロドルフは呟く。先代の海導（ラドゥ）アロイを支える海師（ケリル）として辣腕（らつわん）を振るっていた面影はそこにはない。その仮面は、もはや必要がないものだった。

「ロドルフ様！」

その時、慌ただしく部屋の扉が開かれ、部下が姿を現した。

「……ここには入るなと伝えておいたはずだが」

部下を睨（にら）み付けるロドルフの目には、鬼気迫るものがあった。部下の男は思わずたじろぎ、しかしそれでも自らの役目を全うする。

「も、申し訳ありません。ですが、この島にレグルの船団が向かってきているという報告が

「……！」

「……来おったか」

ロドルフは顔を歪める。

アピスに逃げられた時点で、遠からず自分が虹の王冠を所有していることが露見すると解っていた。それゆえ虹の王冠を大義名分として、反レグルの旗頭となる準備を密かに進めていたのだが、間に合わなかったようだ。

「船の用意は出来ているな？」

「はっ。すぐにでも出航可能です」

「いいだろう、では先に船に行って人員の配置をすませておけ。私もすぐに向かう」

畏まりました、と言って部下は部屋を出て行く。

再び一人になったロドルフは忌々しげに呟いた。

「若造め……アロイを倒して天狗になったか」

視線を虹の王冠へ向ける。レグルの狙いは間違いなくこの至宝だ。奴は自分からこれを奪おうというのだ。虹の王冠に選ばれたのは、自分だというのに！

「目に物を見せてやろう。次のパトゥーラの支配者はこの私だ」

憤怒の言葉を漏らすロドルフの前で、虹の王冠はただ光を湛え続ける。

それは彼の勝利を祝福するかのようであり、あるいは、彼の破滅を予言するかのようであった。

レグル率いる船団と、それを迎え撃つロドルフの船団。

両者が対峙したのは、ロドルフの拠点となる島にほど近い海域であった。

レグル側の船はその数二十隻。

対してロドルフ側の船は十五隻。

総計三十五隻の船がずらりと海に並ぶ様は、無関係な人間からすればさぞ壮観であろう。

「さすが海師、なかなかの戦力を抱えているではないか」

旗艦にて相手方の陣容を眺めるレグルは、感心したようにそう呟いた。

レグルの抱える船団はこれが全てではない。しかし簒奪者であるレグルは常に他の海師から隙を窺われる立場だ。本拠地周辺には守りの船も置いておかなくてはならず、この二十隻が動かせる限度である。

「レグル様、相手の船はガレー船が主力のようですね」

「そのようだ。まあ当然といえば当然だな」

現代の船は大まかに二種類に分けられる。

一つがガレー船。もう一つが帆船である。

ガレー船というのは細長い葉っぱのような形の船を指す。もちろん葉っぱのようなというのはあくまでも比喩（ひゆ）であり、その全長は十数メートルに及ぶ。船の両側から十数本、物によっては五十本もの櫂（オール）が伸びており、船内にいる大人数の漕（こ）ぎ手によって自在に動かされる、言わば人力船である。

対して帆船はガレー船に比べて丸みを帯びた形で、マストに張った帆で風を受けて動かす風力船となる。風の機嫌に左右されるという問題点はあるものの、漕ぎ手をほとんど必要とせず、代わりに物資や戦闘員などを積み込むことができるのだ。

もちろん両方の船種ともに、ガレー船であっても帆を使う場合や、帆船であっても幾らかの櫂（オール）を導入することもあるため、明確に区分されているわけではない。また、帆船には追い風を最大限利用できる横（おう）帆船と、向かい風を利用して風上に進める縦（じゅう）帆船という種別もあるが——ともかく、大まかにはガレー船と帆船の二種類になる。

そしてこのパトゥーラ諸島において、どちらの船が戦いに適しているかといえば、

「人力のガレー船は帆船と違って小回りが利く。海が荒れると動けなくなるが、陸地に近く穏やかなこの海域ならば、帆船よりも戦力となりえるだろうな——」

そうして、レグルが冷静な評価を下す一方で、

「馬鹿め、帆船を持ち出すとはな」

旗艦となるガレー船に乗ったロドルフは、相手の陣営を見て嘲笑を浮かべる。

レグル側の船は、その大半が帆船だった。船の数こそ相手が上回っているが、これならば勝てるとロドルフは確信する。

帆船の強みはやはり風の力を利用したスピードと貨物の搭載量だ。しかしながら障害物のない遠洋と違い、小島が密集するパトゥーラ諸島においては、風の勢いが島にぶつかって分散される傾向にある。

有り体にいえば、この海域は強い風が吹きにくく、また吹いてもすぐさま止んでしまうのだ。さらに風の方向も安定しない。帆船にとってみれば速度が上がらず、かつ操船難易度は高いという、まさに帆船泣かせな環境なのである。

「恐らくは水夫が確保できなかったための苦肉の策でしょう」

「そうであろうな。パトゥーラでもなければ、ガレーの操船技術に長けた水夫などそう数を集められるものではない」

部下の言葉にロドルフは頷く。

人力であるガレー船が機敏に動くためには、いかに呼吸を合わせて櫂を漕ぐかが大事になる。当然熟練した漕ぎ手は貴重であり、なかなか集められるものではない。その点で帆船は操船に必要な人数が少ないため、僅かな水夫でも運用可能だ。

「この様子ではアロイを討ち、中央を占拠できたのも、奇襲が嚙み合っただけのようだな。かつてあの男は神童と呼ばれたものだが、哀れなものだ」

ロドルフは手を掲げ、声を張り上げた。

「全艦戦闘準備！　パトゥーラに乱を引き起こしたあの愚か者どもを、我らの手で海の藻屑にしてやろうぞ！」

「レグル様、向こうが動きました」

「見れば解る」

こちらに向かってくる十五隻のガレー船。それを見ながらレグルは鼻を鳴らす。

「ふん、馬鹿な老いぼれだ。虹の王冠を手にして、よほど目が眩んだと見える」

レグルは傲然と笑い、言い放った。

「貴様に味わわせてやろう。海の寵愛を受けたこの俺と、その手足となるべく鍛え上げられた俺の配下達による、圧倒的な蹂躙をな」

レグル軍とロドルフ軍。

後にパトゥーラの海戦と呼ばれる大戦の、前哨戦として語られることになるこの戦い。その幕が今、ここに切って落とされた。

「まーだかのう、まーだかのう」

船首の縁より足をパタパタと投げ出して、水平線の向こう側を眺めながら、トルチェイラは急かすように何度となくそう口にする。

「まあまあそう慌てなさるな」

その横で応えるのは船長である海師ヴォラスだ。

「早く進もうと遅く進もうと、海は私達から逃げませぬぞ」

しかしながらその説教はトルチェイラの心に届かない。

「海は逃げなくても戦の佳境は逃げてしまうじゃろう。それでは見に来た意味がない！」

「はてさて、まさか海戦の見物に行きたいとは、グリュエール王に似てお転婆なことですな」

そう、トルチェイラを乗せたこの船は今、レグルとロドルフの両軍が争っている海域に向かって進んでいた。

目的はヴォラスが語った通り、海戦の見学である。

戦自体に介入するつもりはない。目立たぬよう一隻だけで、乗っている船もいざとなればすぐに逃げ切れるよう軽量俊敏な型だ。

「……むっ！」

その時、水平線の向こうに船影らしき物を見つけ、トルチェイラは縁に乗り出した。

「あれがそうかの？」

「そのようですな。……ふむ、これはこれは」

「どちらが勝っておるか解るか⁉」

ヴォラスは頷き、言った。

「――どうやらロドルフ軍が劣勢のようですな」

「馬鹿な……」

自らが置かれている戦況に、ロドルフは呆然(ぼうぜん)となっていた。

敵の二十隻の帆船に対して、こちらは十五隻のガレー船。水夫は経験豊富な者達を揃(そろ)え、操船は自由自在。たとえ数の不利があろうとも圧勝は間違いない――そう思っていた。いや、そうなるはずだった。

だというのに、

「三番艦沈没しました！」

「七番艦、接舷攻撃を受けて航行停止！」

「十番艦と十二番艦が櫂を折られ航行不能の模様！　救援を求めています！」

「ロドルフ様！　我が方、劣勢です！」

次々と舞い込む報告は、予想を真逆にしたかのような凄惨なものだった。

「こんな、こんなことが……」

根本的に海戦は遠距離攻撃では決着がつかない。

波風で揺れる船上においては、よほど強運が無ければ弓矢を撃ち込んでも敵の水夫に致命傷は与えられず、また火矢で敵船を燃やそうにも、船体の腐食等を防ぐため様々な塗料が塗ってある船は、そうそう火がつくものではないからだ。

そのため船同士の戦いは、互いに風を受けられる位置を奪い合いつつ、衝角という金属製の突起で攻撃するか、船を接舷させて水夫による白兵戦を挑むかになる。

そこで今回、ロドルフが選んだのは、風向きを無視したガレー船による衝角攻撃だ。

船の先端に取り付けられたそれは、船そのものの勢いを乗せることで、とてつもない破壊力を持つ。これで敵船に体当たりを仕掛け、敵船体に穴を開けて航行不能にさせるのだ。

しかし、これが上手くいかない。

こちらの方が小回りが利くはずだというのに、敵の帆船を捉えきれないのだ。

しかもそうして苦戦している内に、逆にこちらの船が衝角で攻撃されていく。衝角は何もガレー船の特権ではない。帆船であっても取り付けることは可能であり、レグル側の船全てに衝角が付けられていることはロドルフも認識している。だが、帆船は進行方向が風向きに依存するため、衝角を命中させる難易度はガレー船の比ではないはずなのだ。

だというのになぜ、実行できるのか。

疑問への答えは一つだけだった。

「まさか、そうなのか……！」

信じられない気持ちで、ロドルフは唇を戦慄（わなな）かせた。

「読んでいるというのか、この海域の風を……!?」

「当然だ、この程度の芸当が出来なくては、俺の麾下（きか）を名乗れるものか」

レグルは旗艦にてふてぶてしく笑った。

「四方八方から風が吹く複雑な海域。だが逆を言えば、それらの風を全て捉えられるのならば、帆船であってもガレーに負けぬ機敏な動きが出来るということだ」

無論、それを現実にするのは容易ではない。海と風の機微（きび）を読む能力を備えるには、途方もない才能か長い修練が必要だ。レグルは才があったが、他の船の指揮官はそうではなかった。

ゆえにレグル自身が彼らを鍛える必要があった。

困難な道だったが、レグルは成し遂げた。天賦の才を持つ自分の能力の一端を、麾下の者達に教え込んだのだ。

「島を追放されて十余年。俺が寝て過ごしていただけと思ったか？」

自らを排斥したパトゥーラ諸島への憎悪。

その暗い炎が、彼にこの苦難の道を乗り越えさせたのだ。

「さて、そろそろトドメを刺してやろう。――面舵！」

レグルの指示で、旗艦が船首の向きを変えた。

その先には、ロドルフの乗る船があった。


「ロドルフ様！　敵旗艦、接近します！」

「ぐっ……！」

レグルの乗る船が真正面から迫る。その威風堂々たる様は、さながら自らがこの海の王であると主張するかのようだ。

「おのれ、あのような若造に……！」

負けられない。

自分は虹の王冠を手にしたのだ。

それが誰であっても、あの輝きを奪われるわけにはいかない。

「敵旗艦に向かって全速前進！　ギリギリのところですれ違い、敵艦の背後を取る！」

ロドルフの命令で、ガレー船の櫂が一斉に動き出した。

レグルの旗艦とロドルフの旗艦。互いに正面を向いたまま、両艦の距離が瞬く間に縮まっていく。

（まだだ、まだ引きつけろ……）

船の重量では恐らくこちらが不利。真正面からぶつかれば、こちらの被害の方が大きいだろう。ゆえに、紙一重を見極めて敵艦の突進を躱さなくてはいけない。

無論それは相手も承知していることだ。こちらが右舷か左舷、どちらかに逃げようとすれば同じ方向に船首を向けてぶつかろうとするだろう。

だから待つ。迫る船体。重圧で心臓が張り裂けそうになる。だが、まだだ、まだ、まだ――

「――今だ！　左舷！　櫂を停止！」

ロドルフの指示に、櫂を操る水夫達は完璧に応じた。

左舷の櫂を停止させ、右側の櫂だけで船を漕ぐ。すると船は左に逸れ、ガレー船の右横をかすめるように敵旗艦が通り過ぎ――無かった。

ロドルフの目が驚愕に見開かれる。

横を通るはずの敵旗艦が、まるで魔法のように目の前で止まっていたからだ。

（なぜ――いや、そうか、帆を！）

ロドルフは見た。敵の帆船の帆がいつの間にか畳まれていることに。

帆で風を受ける帆船は、当然帆を張らなければ推進力を失う。

（私の呼吸を読まれていたのか！）

結果としてガレー船は敵旗艦の目の前で横腹を見せてしまった。もしもここに衝角を叩き込まれればひとたまりも無いだろう。

だが、まだだ。

（まだ終わりではない！　帆を畳んだ以上、再び風を受けるまで敵船は死に体だ！）

ロドルフの船は他の船よりも櫂の数が多い二段櫂船であり、瞬発力に関しては折り紙付きだ。

相手が再び動き出す前に、距離を取ることは十分に可能だった。

敵もさるもの、すぐさま帆を開こうとしている。しかしその帆が再び風を受ける前に、ロドルフは全速前進の指示を出そうとし――

「馬鹿め」

その声は、波音に呑まれて聞こえるはずのないその声は、敵旗艦の船首から。

ロドルフは見た。そこに立つレグルの姿を。

「この海域の風は全て読まれていると、理解していなかったのか？」

瞬間、強烈な向かい風がロドルフの顔を叩いた。

それはすなわち、敵艦にとっての追い風に他ならず。

その風を受けたレグルの旗艦の衝角が、ロドルフの旗艦の横腹に突き刺さった。


「終わりだな」

船体に穴を開けられ、沈みゆくガレー船を見下ろしながら、レグルはそう呟いた。

相手の旗艦は潰した。他の船も戦意を喪失し、逃げるか投降するだろう。

「さて、残るはロドルフがどこにいるかだが……」

眼下の海にはガレー船から脱出しようとしている水夫が溢(あふ)れている。さしものレグルとて、この中から十年以上前に見た男の顔を判別するのは難しい。

と、その時だ。船の影から飛び出した一隻のボートをレグルは捉えた。そこに乗るのは漕ぎ手が二人と、乗員が一人。その一人の顔にレグルは見覚えがあった。

「ほう、部下を見捨てて自分だけか。海師(ケリル)と呼ばれた男が、結構なことだ」

「レグル様、敵船の水夫達が救助を求めていますが如何しますか？」

「放っておけ。海師(ケリル)ごときの手駒(てごま)になっていた水夫など、海の藻屑となるのが相応しい。それよりあのボートを追うぞ」

レグルは嘲笑を浮かべながら部下に追撃の指示を出そうとし、突然顔を歪めた。

「……チッ、予想よりも早かったな」

レグルの目に映るのは遥か先の水平線。

そこに今、二つの船団の影が浮かんでいた。

「あれは……海師エメレンスと海師サンディアの旗です！」

そうだろう、とレグルは内心で独りごちる。この状況で動くとしたら海師だけだ。もちろん、同じ海師であるロドルフの窮地に駆けつけた――などという殊勝なことではあるまい。虹の王冠を狙ってのことだ。

「レグル様、こちらは余力も士気も十分です。連戦も可能と思われますが」

「……いや、ここは退くぞ」

今回の圧勝劇には、ロドルフ側の慢心があったことをレグルは理解していた。

恐らくあの二人の海師はこちらの戦いを観察し、帆船であっても自在に動けることに気づいただろう。負けるとは思わないが、予想外の痛手を被る可能性は高い。

「海師の船団と距離を保ちつつ、ロドルフの本拠地の島を包囲する。あの二人も仲良しこよしというわけではないだろう。率先して俺と戦い血を流そうとはしないはずだ」

「ははっ」

部下が他の船に旗で信号を伝え、レグルの船団はゆっくりと海域から移動し始めた。

「一方的な戦いじゃったのう」

戦いを終えたレグルの船団が離れていくのを、島影に隠れた船から眺めていたトルチェイラは言った。

「レグルとやらの実力、どうやら本物のようじゃな」

「確かに見事な操船技術でしたな。いやはや、これは驚いた」

横のヴォラスも感心したように頷く。目の前で同僚たる海師(ケリル)が完敗したというのに、その心が揺れ動く様子はまるでない。

「してヴォラス、この後どうなると思う？」

「一時的に膠着(こうちゃく)状態になるでしょうな」

ヴォラスは言った。

「ロドルフがどうなったのか、ここからでは解りませぬが、恐らくは逃げ延びたでしょう。あの男のしぶとさはなかなかのものですからな。となればロドルフは屋敷を中心に籠城(ろうじょう)するかと」

「とはいえ島を包囲されていては干上がるばかり。先は無いのう。いや、それ以前にレグル側の船員が陸に降りて攻め立てれば長くは持たぬか」

「ところがそれが出来ませぬ。先ほど現れた海師に背中を刺されますからな」

「エメレンスとサンディアじゃったか。戦が決したところで顔を出すとは、したたかな連中じゃのう」

レグルとロドルフの戦いを見物していたところで、ぬっと現れたのがあの二つの船団だ。見つからぬよう隠れていたのが正解だったとつくづく思う。

「レグルの手勢は確かに強力な様子。されど、それは海に、船にあってのもの。屋敷に直接乗り込んでの陸戦となれば、あくまで強い兵士程度でしかないでしょう」

「なるほど、海上にあってのあの強さか。さりとて、海師二人が島に上陸しようとすれば、今度はレグルの兵に背中を刺されてしまう。となれば二人も迂闊に踏み込めん。なるほど、膠着じゃな。ロドルフは誰ぞに救援や降服をするかの？」

問いにヴォラスは頭を振る。

「しないでしょうな。虹の王冠に魅入られた以上、手放すことはできぬでしょう」

「では二人の海師が結託してレグルを攻撃するのはどうじゃ？」

「それも難しいかと。二人は仲間ではなく虹の王冠を狙うライバル同士。時間をかけて交渉すれば一時的な共闘も成立しましょうが、その前にレグルが本拠地から援軍を呼びますな」

「ふうむ、なるほど。膠着はレグルが援軍を呼ぶまでか。籠城するロドルフにせよ、隙を窺う海師二人にせよ、それまでにどう動くかが重要になるわけじゃな」

するとトルチェイラは呆(あき)れたような、感心したような顔で言った。

「全く、ここまで予見された通りに動くとはの」

「ええ、本当に」

ヴォラスはここで初めて、穏やかだった態度に僅かな畏怖(いふ)を込めた。

「恐ろしい御方ですな――あの、ウェイン王子という方は」

虹の王冠を持って島から脱出する。

艦隊が壊滅してから数日。籠城にも先がないロドルフに残された道は、最早それしかなかった。

「ロドルフ様、準備できました」

「うむ……」

そこは万が一に備えた脱出路だった。海に繋(つな)がっている洞窟(どうくつ)を利用したもので、ロドルフの前には脱出用の小型船が浮かんでいる。これに乗って逃げようという算段である。

「おのれレグルめ……この恨みは忘れんぞ……！」

船に乗り込みながらロドルフは怨嗟(えんさ)の声を漏らす。

屈辱だった。長年蓄積してきた戦力は壊滅し、それに伴い海師（ケリル）としての地位も失ったも同然。さらに持ち出せた財産も僅かなもので、まさに状況は絶望的だ。

それでも絶望そのものではないのは、今、ロドルフが大切に抱えている箱の中にある虹の王冠のためである。

（これさえあれば再起は出来る……他の全てを失っても、この輝きさえ失わなければ！）

箱を固く抱き締める。全てを失ったロドルフの心の支えであり、最後の命綱が、この虹の王冠であった。

「それでは出発いたします」

部下の声と共に、船がゆっくりと動き出した。

この洞窟の出口は、島の南西部になる。

南西部の海域は海の底が浅く、その重量から海に深く沈むことになる大型船は通行できない。さらに岩礁も多く、何も知らずに船で入り込めば間違いなく座礁する危険地帯だ。島を包囲するレグルや海師（ケリル）二人とて、おいそれとは近づけない場所である。

ましてそれが夜間、それもほとんど星明かりの無い曇り空ともなれば、この海域に船を走らせるのは自殺行為に等しい。

だからこそ、ロドルフはそれをやる。

（私や連れてきた者達にとっては、慣れ親しんだ場所だ。星明かりがなかろうと、これまでの

経験と近隣の灯台の位置で、岩礁を見切ることは容易い）

彼の思惑通り、洞窟を出て岩礁地帯に入ったが、船の航行は順調だった。

後はこの岩礁地帯の先で警戒しているであろう、敵の見張りの船。これをどう躱すかだ。

（海上を封鎖しようにも限界はある。上手く警備の隙間を縫って突破すれば――）

ロドルフが思慮を巡らせていた、その時だ。

「……む？」

自らの眼に映る光景に、ロドルフは違和感を抱いた。

「なんだ……？」

おかしい。順調に進んでいるはずなのに、何かがおかしい。それが何か解らないが、船乗りとして培ってきた経験が今、警鐘を鳴らしている。

ロドルフは視線を巡らせる。暗い海。曇天。水平線の向こうに見える灯台の光。それらが滑るようにしてロドルフの視界をよぎり――気づいた。

「船を止めろ！　今すぐに！」

主人の突然の叫びに、操船していた水夫が驚き戸惑いを得る。

その瞬間、突き上げるような衝撃が船全体を貫いた。

「ぐあっ――⁉」

船に乗っていた全員の体が文字通り浮かび上がり、何人かがそのまま海に落ちる。ロドルフは虹の王冠が入った箱を抱えながら必死に船にしがみつき、そして見た。船が斜めに持ち上がり、その船底を突き破って岩肌が覗いていることに。

「岩礁が!?　どうしてここに!?」

水夫の一人が悲鳴のような声をあげる。何度となくこの海域を船で走らせたことのある水夫達にとって、その岩礁は本来ここにあるべきものではなかった。

「灯台だ……」

答えを知るロドルフは、声を震わせた。その視線が向かうのは闇の向こうにある輝きである。

「灯台の明かりの位置が、ズラされている……！」

部下の水夫達がギョッとして灯台を見た。そして彼らも気づく、主の言うとおり、灯りの場所がいつもと違うことに。

闇の中の航行では、灯台の明かりは重要な指針だ。その海域に慣れている者ほど存在を疑うことはない。その結果がこの座礁である。

そして、これが何者かの意図したものであるのならば——と。

ロドルフがそう考えた時、闇の中から音もなく、中型の船が目の前に現れた。

その船の縁に立つ人物を、ロドルフは知っていた。

「フェリテ……様……!?」

「久しいですね、ロドルフ」

驚愕（きょうがく）するロドルフに向かって、フェリテ・ザリフは小さく微笑んだ。

「俺たちは少数だ」

自らが立案した計画を、ウェインはそう切り出した。

「ロドルフの所に真正面から行ったたって虹の王冠を返してもらえるはずがないし、武力で取り返すこともできない。――よって、ロドルフが虹の王冠を持っているという噂を、パトゥーラ全域に流す」

すると、と彼は続ける。

「この噂を聞いたレグルは、確実を期すために自分自身で必ず動く。虹の王冠が手に入らず行方（ゆくえ）知れずなんてなったら、また一から足取りを探さなきゃいけなくなるからな」

「確かに、部下に任せて虹の王冠をロドルフから奪わせても、部下が裏切りを働く可能性はあります。レグルが船団を率いてロドルフの元に行くというのは間違いないでしょう」

しかし、と続けるのはフェリテだ。

「それではレグルがロドルフを打ち破り、虹の王冠を手にしてしまうのでは？」

「そこに他の海師（ケリル）を割り込ませるのさ」

ウェインは言った。

「ロドルフってのは古参の海師(ケリル)なんだろ？　それだけの人間が虹の王冠に奪ったのなら、他にも野心を抱えてる海師(ケリル)が二人や三人いてもおかしくない」

するとウェインは手元の資料の一つを示す。書斎にあった物で、それにはパトゥーラの有力者について記されている。

「資料を見るに動きそうなのは、このエメレンス、サンディア、後はコルヴィーノって奴も腹に一物抱えてそうだな。そいつらも虹の王冠争奪戦に参加させて、膠着状態を作る」

「作って……どうするのです？」

「その隙にロドルフに逃げてもらうのさ。虹の王冠を持ってな」

ウェインが示すのは別の資料だ。

「ロドルフが拠点としている島の南西部には岩礁地帯がある。島を包囲されたロドルフは、目立たない夜間にここから逃げようとするだろう。そこを捕らえる。仮にロドルフが海戦か暗殺かで死んだとしても、誰かが虹の王冠を持ってそこから逃げようとするだろう。虹の王冠の魔力が本物なら、だが」

「……そうですね、一度虹の王冠を手にすれば、たとえ自分の命と引き換えであっても、誰かに譲ろうとはそうそう思わないでしょう。まして逃げ道があるのならば、そこに賭けるはずです。ですが、捕らえられますか？　相手は夜間にそのような危険地帯を通り抜ける自信がある船ですが」

「だから座礁させるわけだ。奴らが利用する灯台の位置を偽装してな」

「なっ……」

灯台の偽装。片鱗すら思い浮かべたことのない発想にフェリテは驚き、慌てて海図を広げた。そして周辺の島と灯台の位置を確認し、納得する。確かにこれならば上手く行くかもしれない。

「灯台の偽装は周辺を警備してるレグルや海師(ケリル)の船にも効く。こっそり警備の穴から岩礁地帯に入って、ロドルフを捕まえて、またこっそり逃げるだけだ。次期パトゥーラ後継者の腕前なら、朝飯前だろ？」

「簡単に言ってくれますね……ですが、ええ、やりますとも」

詰めなくてはいけない箇所はあるだろう。危ない橋を渡ることにもなるだろう。それでも自分のプランであった、海師(ケリル)を一人ずつ説得していくというものよりも、ウェインの計画の方がずっと可能性を感じられた。

「あの……質問が」

その時フェリテの隣にいたアピスが手を挙げた。

「噂を流すだけならば、島の各所にいるツテに連絡することで出来ると思います。ですが灯台の偽装などの工作は相応の人手と資材が必要になるかと……」

「そうだな。実現には海師(ケリル)の誰かと接触して協力してもらうことになるだろう。船団を動かせってならともかく、資材や人手の融通なら交渉できるはずだ」

「その海師の中の誰が信用できるのです？　資料の中に書かれている人物評だけで確信するのは早計でしょう。ロドルフ様……ロドルフとて虹の王冠のために裏切るなどとは書かれていないはずです」

「だから、そのためにも噂を流すのさ」

ウェイン の言葉の意味を理解できず、アピスは首を傾げる。

しかしその横、フェリテは納得を示した。

「争奪戦に参加するかどうかを踏み絵にするわけですね……!?」

ウェインは頷く。

「噂を聞いて動く奴はパトゥーラの覇権を握ろうって野心家だが、逆に動かない奴は、野心が無いか、持っていても度胸が無いか、全く別の狙いを持ってるかになる。――俺ならば、説き伏せるのは容易い」

虚勢ではない。ウェインの言葉には、間違いなくそれを実現させるという凄みがあった。

「トルチェイラ王女がいるヴォラスが動かないでいるなら、優先して交渉したいところだが、まあこればかりは実際に見てからだな」

ともあれ、とウェインは言った。

「どうだフェリテ殿。貴殿が集めたこれらの資料があれば、こういう計画が立てられるわけだ」

「……正直、机上の空論という思いも心の片隅にあります。しかしそれ以上に、貴方の発想に驚かされる。あの資料から、このような計画が生まれるとは……これが実現すれば、さぞ痛快でしょう」

「それこそ悪巧みの醍醐味ってやつだ」

ウェインはフェリテに向かって手を差し出した。

「さあ、俺と一緒に悪いことしようぜ」

（噂には聞いていたとはいえ、ここまでとは……）

彼が優秀であることは耳にしていた。しかしまさか、本当に資料だけでこの状況を作り出してみせるとは。さしものフェリテも驚嘆する他にない。

無論、実際に彼が提示した策略は先の一つだけではない。他にも状況に応じた様々な策を用意していたのだ。そう考えれば、数を打った中の一つが的中しただけとも受け取れるが——今にして思えば、それらは半信半疑の自分やアピスに対する配慮にすぎず、彼自身は本命のプラン以外は不要だと考えていたのかもしれない。そんなことを思ってしまうほどに、凄まじい深謀遠慮（しんぼうえんりょ）である。

（私は彼が私と同じく歴史に、情報に価値を持っていると思っていた。それは間違いがなかった。しかし、その先！　情報の運用という点において、彼は私の遥か先を行っている！）

フェリテは横目で隣を見る。そこにはニニムと共に同船しているウェインの姿があった。彼こそまさしく、噂に違（たが）わぬ北方の竜。百の、いや千の兵士よりも、彼一人を味方に付けられたことが頼もしい。

（それにしても、これほど策略通りに進んだというのに、喜ぶこともなく平然としている……彼にしてみれば、この結果は当然ということなのか）

なおその時ウェインは「やっべ、ついてきたはいいけど船酔いで吐きそう」と思いながら必死で厳粛な表情を保っていたのだが、それをフェリテが知ることはなかった。

「――投降しなさい、ロドルフ」

フェリテは静かな声音（こわね）で言った。

「その船ではもう海は渡れません。どう足掻（あが）いても、貴方がここから逃げ延びる道はない。大人しく降るのならば、そちらの船員含めて命を取らないと約束しましょう」

寛大な処置、と言って良い裁定だ。虹の王冠という権威の象徴を奪われたのだ。激情に任せて皆殺しにしたところで誰も異論は挟むまい。

ロドルフの周りの船員達もそれは解っているのだろう。圧倒的な不利もあり、互いに視線を交わして意志を疎通する。投降しよう、と誰もが思ったところで、彼らの視線は恐る恐るロドルフに向けられた。

「…………」

ロドルフはフェリテを見上げ、次に自らが抱えた箱に視線を落とす。投降すれば虹の王冠は奪われる。その事実を前に、ロドルフの顔が苦渋で満ちた。

「……仕方ない、アピス」

「はっ」

埒が明かないと判断したフェリテの指示で、アピスを筆頭とした数名の船員が剣を片手にロドルフの船に乗り移った。

「ロドルフ様、それをこちらへお渡しください」

剣先を突きつけながらアピスは言う。一度は自分を裏切った相手だ。もしも抵抗するようならば容赦なく斬る。彼女はそのつもりでいた。

「……これを、返せと仰るか」

ロドルフの問いにフェリテは頷く。

「そうです。虹の王冠は貴方の手にあるべきではない」

「しかし、しかし……！」

「かつて貴方には船の扱いを教わったこともある。その思い出を、血で塗り潰すことはしたくない。解ってください」

　フェリテの言葉には、どうか剣に訴えさせないでほしいという哀切が籠められていた。フェリテにとって海師（ケリル）は父を支える側近であり、ロドルフに限らず全員が尊敬に値する人物なのだ。出来ることなら、彼らを切り捨てたくはない。

「……」

　そして、フェリテの思いが通じたのだろうか。ロドルフは長く、長く葛藤（かっとう）した後、ゆっくりと、震える手で抱えていた箱をアピスに差し出した。

「……よくぞ決断してくれました」

　アピスが箱を受け取るのを見て、安堵（あんど）の吐息をフェリテは漏らした。

「全員をこちらの船に収容してください。すぐに離脱します」

　フェリテの指示を受けて、全員が船を乗り移る。そして念のためとロドルフ達に縄がかけられる中で、アピスは箱をフェリテの前に差し出した。

「フェリテ様、ご確認を」

　アピスが箱を開くと、闇の中に異質な輝きが産まれた。

　思わず目を窄（すぼ）めるフェリテ。箱の中には、妖（あや）しげな輝きを湛える虹色の貝殻が収まっていた。

「……間違いない、本物の虹の王冠です」

　権威の象徴の奪還。それを成し遂げたフェリテには、しかし喜びはなかった。むしろ虹の王冠を見るその目は、どこか苦しげでさえあった。

「アピス、船倉の奥に、その箱ごと厳重に封印しておいてください」

「はっ、畏まりました」

アピスは箱を持ったまま踵を返した。

その時だ。

「――ああ、やはりダメだ、耐えられない」

フェリテの視界の端に、何かがよぎった。ハッと気づいた時には、近くの水兵から剣を奪ったロドルフが、アピスに向かって駆け出していた。

「アピス！」

フェリテが叫び、アピスを突き飛ばした。

「それは私の物だ！」

そこに獣のようにロドルフが襲い掛かり、そして、

「許せ、ロドルフ……！」

交錯の刹那。素早く抜き放たれたフェリテの剣が、ロドルフの体を袈裟に切り裂いた。

「がっ――!?」

ロドルフが血を吐きながら倒れ伏す。フェリテは痛恨の思いで眉根を寄せるも、しかし心がそれに浸るより早く叫びが届いた。

「は、箱が！」

フェリテは見た。突き飛ばされた際にアピスの腕から落ちた箱が、甲板を滑り、縁を超えて、そのまま下に落ちようとして、

「――っとお！」

咄嗟に滑り込んだウェインが、船外に身を乗り出しながら、箱をすんでのところで摑んだ。

「殿下！」

「ウェイン王子！」

「まだだ！　ニニム！　手を貸せ！　このままだと俺ごと落ち」

パカッと。

救援を呼ぼうとしたウェインの目の前で、箱の蓋が外れた。

「あっ」

という間に、虹の王冠が船の下に落ちた。

バキン、という硬質の物が割れるような音がした。

「…………」

全員が沈黙する中で、ニニムが一歩前に出て、そっと船の下を確認する。

そこには先ほど座礁したロドルフの船があって。

「その、なんと言いますか」

船上に広がる虹の残骸を見つめながら、恐る恐るニニムは言った。

「真に申し上げにくいのですが——砕け散っております」

ウェインとフェリテは、揃って顔を見合わせた。

第四章 神話の終焉

海師(ケリル)ヴォラスの屋敷にある貴賓室。

そこに今、重苦しい表情のウェインとニニムの二人がいた。

「フェリテの話だとさ」

ぽつり、とウェインは切り出す。

「パトゥーラを纏(まと)めるには、自分だけじゃ求心力足りないから、虹の王冠が必要ってことだったじゃん」

「そうね」

「で、その王冠が砕け散ったわけじゃん」

「そうね」

「……端的に言って、この状況ってどう思う？」

問いに、ニニムは小さく頷(うなず)いて、

「詰みだと思うわ」

「ですよねえええええええええ！」

ウェインは頭を抱えた。

ウェイン達一行を乗せた船がヴォラスの拠点に帰還したのは、今朝のことだ。

虹の王冠の破砕を目撃した船員には箝口令を敷いて、とにかく一旦体を休めようということになったのだが、そもそも船員の多くはヴォラスからの借り物だ。ヴォラスがすぐに知るところになるのは間違いない。そして放っておけば、破砕の事実はパトゥーラ全体に広まるだろう。

「そうなったら、レグルが勝つよなぁ」

現在のパトゥーラ諸島で最強の戦力を備えているのがレグル陣営で、それを倒すために有力者を束ねなくてはいけないが、そのための道具を失ってしまったのだ。

「どうしたものかしらね……」

ニニムも腕を組んで悩み込む。権威の象徴の破砕。これが代替の利く物ならばと思うが、代替が利く程度の物ならば、ここまでの象徴とはならなかったろうとも同時に思う。

「フェリテは部屋に籠もりきりか……まあさすがにショックなのは解るが」

「けれど悠長に構えてもいられないわ。場合によっては、見切りをつけることも考える必要が出てくるでしょう」

「ま、そうなるよな」

今回の事件、ウェイン達はあくまで部外者だ。現地に根付いていないゆえに強い力は持たないが、その分いざとなれば逃げられる身軽さがある。

「でも俺（おれ）の正体も気づかれてそうだし、レグルに勝たれるとナトラとパトゥーラの関係が……」

「元から北と南でほとんど交流も無いところだもの。割り切れないこともないわ」

ニニムの言葉はもっともだが、それはそれとして、やはり思うところはある。

さらに言えば――ウェインとしては、ここからひっくり返すプランがないこともないのだ。

そんなことを考えていた時のことだ。

「ウェイン王子！　よくぞ戻ってきたのう！」

乱暴に扉を開いて現れたのは、トルチェイラである。

戦（いくさ）見物より先に帰還していた彼女は、ウェインを見るなり満面の笑みを浮かべた。

「出迎えできなくてすまぬな、祝勝のための料理の手伝いをしていて手が離せなかったのじゃ。それよりも、さすがウェイン王子じゃな！　状況の推移をピタリと当てよるのは見事という他にない！　これぞ我が父を倒した人物と、妾（わらわ）も改めて見直し……む？」

そこまで口にしてから、トルチェイラはウェインの表情が強（こわ）ばっていることに気づく。

「どうした、浮かぬ顔じゃの。何か問題でもあったのかの？　虹の王冠は手に入ったのじゃろう？」

「ええ、まあ、それはうん、はい」

どうやら割れて砕けたことを彼女はまだ知らないらしい。曖昧（あいまい）にウェインは頷（うなず）いた。

「ならばよいよい。お、そうじゃ、フェリテ殿はどうしておる？」

これに応じるのはニニムだ。

「フェリテ様でしたら、思案することがあると先ほどからお部屋の方へ。恐らくはその……しばらく時間がかかるものと」

「ふむ、そうか。まあ今後のことで色々考えることがあるのは当然じゃな」

フェリテが頭を抱えている事情を知るよしもないトルチェイラは気楽に応じる。

「次の動きまで時間がかかるというのなら、丁度よい。実はウェイン王子に相談したいことがあっての。疲れているとは思うが、今から時間を割いてくれぬか？」

相談。何だろうと思いつつウェインは頷く。

「ヴォラス殿との交渉で口添えしてもらいましたからね。構いませんよ」

ロドルフが虹の王冠を持っているという噂(うわさ)を流した後、ヴォラスが動かないことを確認したウェインは、すぐさま彼と接触した。そこで自らの計画を元に支援を求めたのだが、その際にトルチェイラの存在に大いに助けられたのである。

「うむ、それならば早速向かうとしよう。席は既に用意してある」

「解りました、場所はトルチェイラ王女のお部屋ですか？」

するとトルチェイラは頭を振って、にっと笑った。

「席があるのは、砂浜じゃ」

◆◇◆

青い海。白い雲。輝く太陽と焼け付く砂浜。

それを全身で感じながら、トルチェイラは叫んだ。

「うむ、絶好の密談日和じゃの！」

「密談って……」

「何を戸惑うウェイン王子。周りを見よ、妾達以外に誰もおらん。どこに目や耳があるかも解らん密室で言葉を交わすよりも、ずっと話がしやすいじゃろう」

「それについては同意しますが、一つ疑問が」

「なんじゃ？」

「この格好は、どういうことでしょう？」

ウェインとトルチェイラ。

二人は今、水着を着用していた。

「妾達は疲れを癒やすために浜辺で休憩ということになっておる。となれば、水着になるのが道理というものじゃろう」

そうだろうか。ウェインは軽く疑問を抱いたが、トルチェイラはそんなものを吹き飛ばすかのように、彼の眼前にずずいと体を寄せた。

「それよりもウェイン王子、妾の姿を見て、言うべきことがあるのではないか?」

問われ、ウェインはトルチェイラの出で立ちを上から下まで眺めてから、

「平たいです」

蹴られた。

「王女キック!」

「解っておらぬな、全く解っておらぬ! 確かに妾の肉体は未熟そのもの! しかしそれはいずれ完熟するということ! よいか、この肉体は幼いのではなく発展途上! あらゆる可能性を秘めた原石に他ならぬ! 尊いとは我が肉体を指す言葉じゃ! ほれ、もう一度チャンスをやるから言うべきことを言うがよい!」

「小さいです」

「王女パンチ!」

殴られた。

「あ、あの……」

そんな二人に、おずおずと声がかかった。

「や、やはり私は元の服に着替えてきてもよろしいでしょうか……」

長い布地で全身を隠しながらそう口にするのはニニムだった。

普段は冷然とした彼女だが、今は耳まで赤くしながら背を丸めている。

「なんじゃその布は。そのような無粋な物はさっさと捨てよ。ほれ、妾の従者達もみな水着姿を晒しておるじゃろう？」

トルチェイラの言うとおり、周囲には彼女の従者も控えており、その全員が水着姿だ。

しかしニニムは往生際悪く続ける。

「いえ、その、ですが……このように外で肌を露出するのは、その……」

「む？　ああ、確かにナトラは完全な雪国じゃかろのう。湯殿でもなければ人前で肌を見せる風習などないか。まして殿方の前でなど、あり得ん話じゃな」

「そ、そうです。なので」

「うむ、ここで慣れればよいな！　脱げ！」

こいついつか張っ倒すわ、とニニムは思った。

「まあ待ってくださいトルチェイラ王女」

するとそこでウェインが介入する。

「彼女は私の護衛です。有事に対応できるよう心身を万全にしておくのは当然のこと」

「そ、そうです。なので」

「でも困ってるの見るの楽しいからそのままで！」

「話が解るのうウェイン王子！」

こいつらいつか殺すわ、とニニムは心に決めた。

「というわけでほれ、観念せい！　皆の者！」

「ちょ、まっ————！」

他の従者達の手により、ニニムは身を隠していた布を剝ぎ取られた。

そうして露わになるのは、白い肌の上に黒い水着を身につけた姿である。

「おお、なかなか似合っておるではないか。妾ほどではないがな！」

好き勝手口にするトルチェイラだが、ニニムはそれどころではない。羞恥のあまり白い肌はじわりと赤みを帯び、それを隠すように自らの体を両腕で抱きしめる。

「何を恥じる必要がある。美しいものは正道であり、正道であるならば臆する必要など何もない。あの太陽に向かって堂々と胸を張るがよかろう」

ご高説を垂れるトルチェイラを、ニニムは頭の中で百万回罵倒する。しかし、少しでも身を隠そうと悪戦苦闘しているところで、彼女はこちらを眺めるウェインに気づいた。

ウェインの視線は穏やかなものだった。こちらは羞恥で一杯一杯だというのに、まるで風の無い水面のようである。

するとニニムは猛烈に腹が立ってきた。何だこいつ、私がこんなに困ってるのに平然としやがって。その水面に波風を立たせてやる————という、半ば自棄っぱちの心境になった彼女は、怒りに任せてウェインに向き直って、

「……何とか言ったらどうですか」

口から出た自らの声に、ニニムは卒倒しそうになった。なんだこれは。いつの間にか手を後ろに回して、視線を逸らして、まるで構ってもらえず拗ねてるようではないか。一瞬前まで、顔に挑戦状を叩きつけてやる、ぐらいの気持ちでいたというのに！

「あ、その、今のは」

慌てて撤回しようとして、けれど言葉にならなくて。

そこに、ウェインの答えが返ってきた。

「似合ってるぞ、ニニム」

「――――」

心臓が爆発するかのような衝撃だった。

ウェインの顔が直視できない。そして自分の顔がどうなってるかも想像したくない。けど解ってしまう。この顔の緩みっぷりは相当ヤバい。しかしここで後ろを振り向くのはもう完全敗北を認めるようなものだ。いや、別に勝負とかそういうのではないのだけれど！

（――ああもう！）

何もかもこの太陽のせいだ。ついでに海と砂浜のせいだ。そうだ、そうに決まってる。

ここにいるのがウェインとトルチェイラ達だけで良かった、とニニムは思う。もしも学生時代の友人達に見られたら、どれほどからかわれたことか。不幸中の幸いの致命傷だと自分に言い聞かせながら、ニニムは一秒でも早く鼓動が収まるのを願った。

「――はっ⁉」

「ロウェルミナ殿下、如何されました？」

「何だか今、現在進行形で貴重な場面を見逃している気がします……！　こう、今後十年くらいそのネタでいじれるような、そんな光景を……！」

「殿下、やはりお風邪を召して頭が……」

「ちょ、違いますよ！　私の頭はいつでも大丈夫ですぅー！　って、なんですかなんで典医を呼ぶんですか！　必要ありません私は健康健全今日も元気ですぅー！　って、あー！　ちょっとそんな苦そうな薬飲ませるのはもがー⁉」

「さて、そろそろ本題に入ろうかの」

ニニムが落ち着きを取り戻し、若干頬を染めつつも従者然とした態度でウェインの傍に控えられるようになった後、樹皮で編まれた寝台に寝そべるトルチェイラは口火を切った。

「ウェイン王子と別行動を取っていた間、妾も妾で独自に情勢を調べていてのう。特にレグルの背後関係について洗っておったのじゃが、ここで面白いことが判明したのじゃ」

「と、言いますと？」

「あやつの背後には、バンヘリオがついておる」

これにはウェインも驚きを示した。

バンヘリオとは、大陸南西部に存在する王国である。北に位置するソルジェスト王国とよく比べられることがあるのだが、その理由は二つある。一つは国力が同程度であること。もう一つはソルジェストが選聖侯グリュエールを擁するのに対して、バンヘリオは選聖侯シュテイルを擁しているためだ。

「選聖侯シュテイル・ロッゾ……かの芸術公がいるバンヘリオですか」

以前行われた選聖会議にて、ウェインはシュテイルと顔を合わせている。その時に抱いた感想は、お近づきになりたくない、であった。

「シュテイルがレグルと直接関係あるかまでは解らぬが、バンヘリオの支援があってあの船団を維持しているのは確かじゃ。その上でウェイン王子、バンヘリオはどういう展望があってレグルを支援しているか、予想できるかの？」

当然、追放されたレグルに同情してなどというのは有り得ない。バンヘリオから支援を得るために、相応の利益をレグルは提示したはずだ。

そして現状、バンヘリオが持ちそうな展望といえば——

「「パトゥーラを橋頭堡（きょうとうほ）としての、帝国への侵攻」」

ウェインとトルチェイラの声が綺麗（きれい）に重なった。

「くふ、やはり妾と同じ予想か」

「それしかないでしょう。パトゥーラは西寄りではあるものの、あくまで東西と中立を保っていた国です。しかしこれが西に傾けば、大陸南部のパワーバランスは大きく崩れる」

「パトゥーラの民もそこまで抵抗はないじゃろうな。何せ帝国とは反目しておる」

帝国はこれまで何度もパトゥーラを自分の支配下に置こうと画策している。ザリフ家の方針から、大陸東西とは中立にして専守防衛という立場を取っているが、感情的には帝国はパトゥーラの自由を脅かす仇敵（きゅうてき）なのだ。

「……これが帝国の安定している時期ならば、いかに精強なパトゥーラ海軍がついたとしても、西側に勝ち目は無かったでしょう」

「うむ。しかし、今は違う。未（いま）だに東は無能な皇子共が揃（そろ）って跡目争いの真っ最中じゃ。上手（うま）くハマれば、帝国の深部まで進むことも不可能ではないと妾は見ておる」

彼女の意見をウェインは否定しなかった。実際にそれはあり得ると考えたからだ。

「さて、前提条件を共有したところで、ここからがナイショの相談じゃ」

トルチェイラは笑って言った。

「のう、フェリテを斬ってレグルにつかぬか？」

「――――」

熱気に包まれた砂浜に、凍てつくような冷気が吹き抜けた。

ウェインとトルチェイラ。底の見えない眼差しが重なり、周囲に緊張の糸が張り詰める。

「トルチェイラ王女、それは額面通りの意味だけではありませんね？」

「うむ、帝国を捨てて西側につかぬか、というお誘いじゃな」

あまりにも重大な事案を、事も無げにトルチェイラは口にした。

ニニムやトルチェイラの従者達は素早く視線を周囲に走らせる。ここにいる者たち以外、決して聞かれてはならぬ会話だ。しかし当然、開けた砂浜であるこの場所には、ウェイン達しか存在しない。それを狙ってトルチェイラはこの場所を選んだのだから、当然だ。

「数年前までのナトラ王国に帝国の庇護が必要であったことは、妾も認めるところじゃ。しかし今日のナトラ王国は、事情がまるで変わっておる」

トルチェイラは言った。

「マーデンの撃退による金鉱山の奪取。カバリヌとの戦争と旧マーデン領の取り込み。さらに我が祖国ソルジェスト及びデルーニオと紆余曲折の末、友好関係まで結びおった。もはやナトラが弱小国家であったのは過去のことじゃ。どこの国であっても、今のナトラを侮ることはすまい」

「トルチェイラ王女にそこまで褒めて頂けるとは、面はゆいことですね」

ウェインは茶化すように肩を竦めるが、その目は一切笑っていない。

「喜んでばかりはいられぬぞ。これはすなわち、ナトラが風見鶏でいられる時期が終わったことを意味しておる」

トルチェイラは切り込む。

「東の帝国と同盟を結び、西の二国とも友好を結ぶ。これが泰平の世ならば結構じゃが、今はあいにくの乱世。いつか必ず選択を迫られるじゃろう。東と西、どちらを取るのかと」

トルチェイラの言葉は誇張ではない。ウェインとて考えていたことだ。むしろそう遠くない日にその選択は訪れるとすら。

「当然のことではあるが、ソルジェストの王女として、西を選ぶべきであると妾は提言する。ナトラが帝国に恩義があるのは承知の上。しかし今の帝国の惨状は知っての通りじゃ。果たしてウェイン王子ほどの人間が、あの泥船に乗り続ける理由があるかの？　いや、それどころか父上と王子が協力し、この南部からの侵攻に合わせて攻め入れば、一気に帝国の喉元にまで迫れるのではないかと、妾は思っておる」

そこまで喋ったところで、トルチェイラは呼吸を置いた。

そしてジッとウェインを見据え、彼の反応を窺う。

それが少し微笑ましくて、ウェインは小さく笑った後、口を開いた。

「トルチェイラ王女には二つ、言うことがあります」

「聞こう」

神妙に頷くトルチェイラにウェインは続けた。

「私は以前帝国に留学していました。その頃の経験を踏まえて言わせてもらえば、その程度の仕掛けで帝国を仕留められるというのは、楽観であると断言しましょう」

「あれだけの無様を晒しておきながら、帝国にはまだ余力が残っていると？」

「帝国が未だに崩壊していないのが、その証左かと。有力な官僚でも皇子達の跡目争いに参加せず、静観に徹する者や、国体の維持に注力する者も多くいます。西が本腰をあげて攻めようとすれば、彼らは一丸となって立ち向かうでしょう」

「むう……」

トルチェイラは納得しかねるといった表情だ。東側に行ったことのない彼女にとってみれば、ぐだぐだと跡目争いを続ける帝国に、それほど人材があるとは思えないのだろう。

しかしウェインは違う。直に帝国を見てきた。あそこには数多くの本物がいる。どんなに落ちぶれようとも、決して侮れる国ではない。

「……解った、自らの願望を元に軽率な提案をしたことを許せ。妾としては、父上とウェイン王子が轡を並べて戦場に出る姿を見てみたかったのじゃ」

「私は戦場ではさほど役に立ちませんよ」

「そう言うな。父と夫が戦場で並ぶ様はロマンじゃろ」

「まあそれは解らないでも……夫？」

「うむ、父上と共に東を攻めるとなれば、婚姻同盟ぐらいは必要じゃろう。ああ、愛人は認めるゆえ安心せい」

トルチェイラがチラリとニニムを見ると、彼女は何とも言えない表情で視線を逸らした。

「まあいい、この件は横に置く。しかしそれはそれとして、レグルにつくというのはダメかの？　どうせ血を流すのは帝国とバンへリオじゃろ。ナトラは無関係どころか、南が荒れれば北のナトラとの同盟を維持するため、帝国が土産の一つも持ってくるかもしれんぞ」

「そこにもう一つの言うべきことが関わってくるわけです」

言ってから、ウェインは少し声のトーンを落とした。

「先に確認しておきたいのですが、そもそもどうやって私とレグルの仲を取り持つ予定です？」

「そんなもの、フェリテの首と虹の王冠を持って行けばよい。妾がソルジェストの王女ともなれば、バンへリオと繋がってる向こうは悪いようにせんじゃろ」

「ああ……うん、まあ、ですよね」

「なんじゃ、歯切れの悪い。何か不都合でもあるのかの？」

ウェインとニニムは顔を見合わせた。

するとニニムは頷き、その場を離れる。小首を傾げるトルチェイラにウェインは言った。

「実は非常に言いにくいのですが、虹の王冠を奪取する際に……砕けてしまいまして」

「は？」

トルチェイラの目が点になった。

彼女はしばしの沈黙を挟み、恐る恐る確認する。

「く……砕けたというのは、その、端っこが欠けたとかそういう……」

「そうですね、どのような感じかというと……」

するとそこにニニムが戻ってきた。

彼女は果物を抱えており、その中から一つ、丸く瑞々(みずみず)しい物を取り出して——トルチェイラの目の前で、叩き潰(つぶ)した。

「あのような感じです」

「みゃあ————⁉」

トルチェイラは叫んだ。

「何をやっておるのじゃ⁉　虹の王冠は取り返してきたと言っていたではないか⁉」

「取り返してはきましたよ。ちょっと分裂して大小様々になりましたが」

「それは取り戻してきたとは言わぬぞウェイン王子⁉」

「出来る限り破片は集めたのですが、レグルに返して許してもらえますかね？」

「怒り狂って妾と一緒に斬首コースに決まっておろうが————！」

ですよねー、とウェインは笑った。

「ま、まさかこのような事態になっていたとは……！　いかん、関与していたと露見したら我が国とバンヘリオとの外交問題にもなりかねん……！　妾が関係している事実を全力で抹消せねばならんぞこれは！」

「本当に申し訳ない」

「心にもないことを平然とこやつ……！」

トルチェイラは頭を抱えながらウェインを睨んだ。

「というか、本当にどうするつもりじゃウェイン王子！　虹の王冠がなくてはフェリテに勝ち目はないじゃろう!?」

「勝ち目の有無は置いといて、少なくとも、フェリテ殿が部屋から出てこないことには話は進みませんね。出来るだけ早く立ち直ってもらいたくはありますが――」

その時、ウェインの目が、島の中心部からこちらに向かってくる人影を捉える。それはフェリテの従者であるアピスだった。

「ご歓談中に失礼します」

アピスはウェイン達の前で跪いて言った。

「フェリテ様がウェイン王子にお話があるとのこと。恐れ入りますが、部屋の方へご足労いただきたく存じます」

「すぐに向かうとフェリテ殿に伝えてくれ」

アピスに向かってそう応えた後、ウェインはニニムにそっと囁いた。

「どうやら、無事に話が進みそうだ」

目の前に、砕け散った虹の王冠が収められた箱がある。

それを茫洋と眺めながら、フェリテは己の過去を思い出していた。

それはこれまで、何度も何度も反芻してきた記憶だ。

偉大な父と心優しき母、そして尊敬する兄。

自分にとって幸福の象徴ともいえるその家族が、決定的な決裂を迎えた、十数年前の苦痛の記憶だ。

『なぜだ！　なぜ誰も俺に従わん！』

記憶を呼び起こすたびにまず蘇るのは、兄の慟哭だ。

兄は天才だった。

生まれついて海の機微を知り尽くす、ザリフ家の血脈が産んだ奇跡の子。

どれほどの人間が兄の成長の先に、パトゥーラの黄金の未来を感じたことだろう。

けれど、その有り余る才能は、次第に周囲との軋轢を生むようになる。

『どいつもこいつも、俺に劣るクズばかりだというのに、なぜ俺を認めない⁉　俺の才を見ろ！　お前達の上に立つべきは、この俺なのだ！』

兄だけが感じられる天賦の世界。

けれどそれは凡人たる他人には見えず、伝わらず、理解されなかった。

これに兄は苛立ちを募らせるようになる。そして周囲に当たり散らすようになり、ついには暴力に達した時、天才児という評価は異端児に、称賛は嘲笑へと姿を変えた。

この時、自分がどうにか兄の心の片隅でも救えていれば、この先に起きる出来事は無かったのだろうかと、フェリテはいつも考える。

けれど答えは出ないまま、記憶は進む。

それは酷い嵐の日のことだった。

『やめなさい、レグル！』

雨風が吹き荒れる中で、母親の悲痛な叫びを耳にしたフェリテは、廊下を駆けた。

『それを持ち出して、どうするつもりですか⁉』

『決まっている！　俺の価値を認めさせるのだ！』

言い争っているのは、母と兄だ。諭すような母の言葉に、しかし兄は聞く耳を持とうとしていない。焦燥が全身を駆け抜け、フェリテは強く床を蹴った。

『俺は誰よりも価値がある！　しかし、誰もそれを認めようとしない！　ならば解らせるしかあるまい、この秘宝の力で！』

『レグル、惑わされてはなりません！　そのようなものを用いずとも、いずれ貴方の価値は正しく皆に伝わります！　今暫(しばら)く耐えるのです……！』

『もはや耐え飽きたと言っているのだ！　邪魔立てするのなら、母とて容赦はせん！』

『レグル！』

雷鳴が響いた。

視界が白く染まる中、フェリテは声のしていた部屋に飛び込む。

『――――』

その瞬間、フェリテは凍り付いた。

彼の目に映るのは、倒れ伏せる母親と、立ち尽くす兄の姿。

母の体からは血が溢(あふ)れ、その傍には血まみれの剣が落ちていた。

そして、兄の手に掲げられているものは、禍々(まがまが)しき輝きを放つ、虹色の秘宝。

『ああ……これで、全(すべ)ては俺のものだ』

倒れる母親を一瞥(いちべつ)もせずに、恍惚(こうこつ)の表情で虹の王冠を掲げる兄を見て、フェリテは悟った。

今この瞬間、私達兄弟の道は分かたれたのだ、と――。

その後、兄は駆けつけた衛兵に捕らえられた。

父は妻を失った失意の中で、兄の追放を命じる。たとえ己の妻を殺したとあっても、我が子の処刑を選ぶことは、父にはできなかったのだ。

しかし父の苦悩を兄が省みることはなかった。

『俺は戻ってくるぞ！　必ずこの地に戻ってくる！　虹の王冠は、俺のものだ！』

呪いのような言葉と共に、兄はパトゥーラから姿を消した。

いつかあの憎悪とぶつかり合うことになるのだろうという予感を、フェリテに残して。

それから十余年後、兄は宣言通り帰還を果たした。

分かたれた道が最後の交錯を迎え、どちらかの道が途絶える時が来たのだ。

道が途絶えるのは、兄か、自分か、果たして――


「フェリテ様、ウェイン王子をお連れしました」

不意に届いた扉の外からの声に、フェリテは記憶の海から意識を引き上げた。

「ああ、入ってくれ」

フェリテが応じると扉が開いた。

アピスが部屋に入り、続いてウェインとニニムが姿を現す。

「お呼び立てして申し訳ありません、ウェイン王子」

「いや、構わないとも」

気さくに応じるウェイン。その顔を見て、フェリテは少し首を傾げる。

「おや……少し日に焼けましたか？」

「先ほどまで日光浴をしていたからな」

「ああ、そういえば今日は随分と良い天気ですね。それに風もない。この時期にこんな日光浴日和が来るとは、珍しいことです」

帰還してから考え事をしていたため意識していなかったが、窓の外は日差しが照りつけている。こんな時でなければ、自分も存分に日の光を浴びるところだ。

「逆に、そっちは随分と思い詰めているようだな。虹の王冠を失ったせいか？」

椅子に腰掛けながらウェインにそう指摘されるも、フェリテは頭を横に振る。

「いえ、昔の苦い記憶を思い出していただけです。虹の王冠が砕けたことについては、そうですね、この先を思えば困りものですが、個人的にはむしろ――」

「スッキリしたか」

「……解りますか？」

「まあ、フェリテ殿が虹の王冠を嫌っているということは、何となくな」

どうやら見透かされていたらしい。とはいえ、この王子のずば抜けた洞察力を思えば、当然かもしれない。

「本物を直に見たのは、あれが船から落ちる間際のことだったが……確かにあれは人を惑わす輝きと感じられたな」

「ええ。魔性とはああいう物を言うのでしょう。おかげでザリフ家においても、虹の王冠を巡って血みどろの暗闘がしばしば起こっていたと記録にあります」

「あの輝きは、人の命の火を吸い取ったものか」

「かもしれませんね。……私にとって、虹の王冠の破壊は長年の願いでした。さすがに叶ったのが突然すぎて、心の整理をするのに幾ばくかの時間が必要でしたが」

苦笑を浮かべつつ、フェリテは続ける。

「もちろん、大局的には今後必要な道具を失ったのですから、喜んでなどいられないことは解っています。それゆえ、恥を承知で今一度ウェイン王子の知恵をお借りしたい」

「つまり、諦めるつもりはないと」

「ありません」

フェリテは断言した。その声は力強く、意志が籠もっていた。あるいは、虹の王冠を憎みながらも、それを利用するしかないという矛盾から解放されたからかもしれない。

「結構。そういうことならば、一つ腹案がある。ただし、フェリテ殿には相応の覚悟と演技力を求めることになるがな」

「望むところです」

打てば響くような返事に、ウェインはにっと笑った。

「まずは可及的速やかに、全ての海師をここに集めるとしよう」

その頃、レグルは苛立ちを隠せないでいた。

陸地に引きこもるロドルフと、それを取り囲むレグル、海師エメレンス、海師サンディア。虹の王冠を巡って各勢力が睨み合い、均衡が生じていたが、それはレグルが追加の船団を中央から呼び寄せたことで崩壊した。

レグルの兵の一部が陸に上がり、ロドルフの屋敷に攻め入る間、援軍を含めた主力がエメレンスとサンディアを牽制し続け、最終的に海師二人は撤退。レグルの陣営はロドルフの屋敷を制圧したのだ。

だが、

「おのれロドルフ、一体どこに行った……！」

屋敷に虹の王冠とロドルフの姿はなかった。捕らえた人間の話では、包囲されてしばらくしたら姿を見なくなっていたらしい。配下を置いて逃げたのだ。

残された者達の士気は低かったが、どの勢力に降服するかで意見が割れ、それが纏まる前にレグルが攻勢に出た、ということのようだ。

調べたところ屋敷には岩礁帯に続く抜け道があった。ここから脱出したことは間違いなかった。しかし、その先が解らない。

（ロドルフが頼るとしたら他の海師（ケリル）か……いや、そんなことをすれば虹の王冠を奪われるだけだ。さりとて、ほとんどの兵も財も失ったあいつが、他の助力なしに再起を図れるとは思えん）

ではどこにロドルフはいるのか、解らない。解らないが、諦めるわけにはいかない。

（虹の王冠は必ず手に入れる……そして俺がこの海の支配者だと、この地にいる全ての人間に知らしめるのだ！）

かつて天才と称されていたレグルだが、彼とて神の目を持たぬ身だ。現段階では、ロドルフが既に死亡し、フェリテに虹の王冠を奪われたことを知るよしもない。もちろん、虹の王冠が砕けてしまったことも。

ゆえに彼は野心を炎として、ロドルフの足取りを捜し続ける。その最中、水面下で弟のフェリテが一つの決意を固めていることに、気づくこともなく。

各海師（ケリル）に対する連絡は速やかに、そして極秘裏に行われた。

内容は海師（ケリル）の招集。フェリテの名で行われたこの要請に、各海師（ケリル）は思惑はあれど、表向きは従った。指定された場所が海師の古株たるヴォラスの下ということも、彼らが指示に従う一助になったのは間違いないだろう。

そして今、ヴォラスの屋敷にある薄暗い会議場に、五人の海師達が集っていた。

海師ヴォラス。海師エメレンス。海師サンディア。海師コルヴィーノ。海師エドガー。パトゥーラ諸島における正真正銘の有力者達である。

「いやはや、今年の風は随分と激しいですねぇ」

「全くだ。春先ということを踏まえても、例年より気温も高いな」

「ここに来る途中、ツツキの花がもう咲いていたぞ」

取り留めの無い会話を交わしながら、海師達は油断なく腹の内を探り合う。しかし当然互いに海師とまでなった身だ。そうそう失言などするものではない。

いつどのタイミングで、誰が誰に対して切り込むか。互いに牽制を繰り広げた後、やがて一人が言った。

「……それにしても、フェリテ様が貴方の下にいるとは予想外でしたよ、ヴォラス殿」

そう口にしたのは海師サンディアだ。海師の中では新参で、その身に強い野心を宿していることは、虹の王冠を求めてロドルフの島へ向かったことで証明されている。

「てっきり、虹の王冠と共にロドルフ殿のところに居るものと思っていましたから」

ヴォラスを除いた海師達は、虹の王冠とフェリテが一時的に離れて行動していたことを知らない。両者の居場所が同じところにあると考えるのは自然である。

「……あるいはそのロドルフも、この屋敷にいるのではないか、ヴォラス殿」

そう続けるのは海師(ケリル)エメレンスである。サンディアに負けじと虹の王冠奪取のために兵を興した野心家だ。

するとヴォラスは愉快そうに笑った。

「はてさて、お主とサンディアが敷いた包囲網がよほど稚拙(ちせつ)であれば、ここに辿(たど)り着けたかもしれぬな。もっとも、虹の王冠を奪ったあやつが、私の下に来るとは思えぬが」

「ぬっ……」

エメレンスは鼻白むが、サンディアは肩をすくめる。

「包囲網など人聞きが悪い。私はロドルフ殿をあのレグルめからお救いしようと船を出しただけですよ。まあ、そこの男の腹は知りませんがね」

「サンディア、貴様ぬけぬけと……！」

エメレンスとサンディアの間で火花が散るが、それを押し潰すように声が被(かぶ)さる。

「では、ロドルフは行方(ゆくえ)知れずということでいいのか？」

口を開いたのは海師(ケリル)エドガー。ヴォラスに続く古参である。

「困りましたね。彼の下に虹の王冠はあったのでしょう？」

コルヴィーノもそれに続く。

しかしヴォラスは頭を振った。

「いや、行方知れずではない。——あやつなら死んだ」

四人の海師は驚きに目を見張った。

ブラフか。いや、この老人が事も無げに重大なこと語るとき、それは間違いなく真実だ。しかしだとすればどういった経緯で。そして虹の王冠はどうなったのか。海師達はそれぞれが考えを巡らせる。

「……どういうことか説明して頂きたい、ヴォラス殿」

やがて、サンディアが慎重な眼差しで問いかけると、ヴォラスは重ねて頭を振る。

「残念ながら、それは私の役目ではない」

「では誰の役目だと」

「決まっておろう。ほれ、来られたようだ」

ヴォラスに促され、全員の視線が部屋の入り口へと向けられる。

そこに一人の男が立っていた。

「皆、よく集まってくれました」

フェリテ・ザリフ。今は亡きアロイ・ザリフの息子である。

「おお、フェリテ様、よくぞ御無事で」

先んじて一礼をしたのはコルヴィーノである。他の海師達もそれにならい、次々に彼の無事を祝う。――もちろん、それが口先でしかないことは、誰もが承知のことである。海師(ケリル)の誰もがフェリテが捕まっていたことを知りながら、救助を試みなかったのだから。

　そう、皆の前に立ったフェリテとてそれは理解している。その上で彼は言った。

「ありがとう。私としてもこうして皆の無事な顔が見れたことを嬉(うれ)しく思います」

（……ほう？）

　フェリテの反応を、エドガーは少しだけ意外に思った。

　捕まっている間、苛烈(かれつ)な尋問を受けていたと聞く。恨み節や皮肉の一つも口にするかと思いきや、そのような負の感情はおくびにも出さず、こちらを真(ま)っ直(す)ぐに見つめている。その堂々とした様子は、なかなか感心させられるものだ。

（何かと本と向かい合ってばかりで、評価を下しにくい跡継ぎだったが……相応の心胆は備えているようだ）

　エドガーがそのようなことを考えていると、コルヴィーノが続けた。

「してフェリテ様、先ほどヴォラス殿が口にしていたのですが、ロドルフ殿が死んだというのは……」

「私がこの手で誅(ちゅう)しました」

「――――」

　海師(ケリル)達が絶句する中、淡々とフェリテは続ける。

「レグルに対する反旗を取りまとめるため、ロドルフに虹の王冠を託したのですが、彼はその権威を自らのために利用しようと計画していました。よって、ザリフの血を引く者として、彼を処罰した次第です。何か異論はありますか？」

逆に問いを投げかけられ、海師（ケリル）達は顔を見合わせる。

その中で口を開いたのはヴォラスだ。

「異論はございませぬ。パトゥーラの至宝たる虹の王冠を私欲のために利用するなど、処断されて当然のことでしょう」

「そ、そうです、ヴォラス殿の仰（おっしゃ）るとおりかと」

「……私も異論はない」

ヴォラスに続いてコルヴィーノとエドガーが同意する。

こうなってはエメレンスとサンディアは口を挟みにくい。しかし、ただ引き下がるわけにはいかない。

「ロドルフ殿……ロドルフの処断については異論ありません。しかしフェリテ様、御自らが誅したということであれば、彼が所有していた虹の王冠は……」

「ここにあります」

フェリテが手をあげると、入り口から箱を抱えたアピスが現れた。そして彼女はフェリテの隣に立つと、恭（うやうや）しい手つきで箱を開いてみせる。

そこには、虹色に輝く貝殻が収められていた。

「おお……！」

「あの輝きは間違いなく……！」

エメレンスとサンディアは思わず腰を浮かす。ヴォラスとエドガーは不動。それらを横目に、しかしコルヴィーノは、はて、と小首を傾げる。

（少し輝きが鈍いような……？）

席を立って確認したいところだが、さすがに今ここで出来ることではない。まあ何にしても虹の王冠が無事なのは目出度(めでた)いことだ。会議が終わり次第、もっと近くで拝ませてもらえばいい、とコルヴィーノは納得した。

「さて、そろそろ本題に入りましょう」

フェリテの言葉で、海師(ケリル)全員が気を引き締める。フェリテが五体満足で、虹の王冠を手にして現れた。しかしそれは本題に入るための前提条件にすぎない。

「今、パトゥーラ諸島がレグルという脅威によって秩序を失っていることは、今更語るまでもないでしょう。私は父アロイの跡継ぎとして、一刻も早く彼を排除したいと思っています。そのために、海師(ケリル)の皆に協力してもらいたいのです」

この時、海師(ケリル)達が見たのはフェリテではなく、ヴォラスだった。

フェリテがそういった要求をすることは想定内。ここで問題はフェリテを庇護下においたヴォラスがどう動くかである。ヴォラスが全面的に彼の味方をするかどうかは、今後の流れを左右する重大な要素だ。

しかし、ヴォラスは動かない。他の海師（ケリル）達の様子を窺（うかが）うということもなく、沈黙を保つ。それはフェリテとの距離を言外に示していた。

（これならば、いけるか……？）

エメレンスは思う。ヴォラスは変人だ。権力というものに興味を示さない。その彼が動かないのであれば、話の流れ次第では虹の王冠をフェリテ、いやザリフ家から引き剝（は）がせるかもしれない。

（ザリフ家から離れた虹の王冠が誰の所有物になるか。それは十中八九、レグルとの戦いで最大の功績を示した海師（ケリル）のものになるだろう）

サンディアは考える。レグルは強い。ロドルフの島での小競り合いで痛感したことだ。だが決して無敵でも不死身でもない。他の海師（ケリル）達を上手く利用して削り合わせれば、最後に自分が全てを得ることも出来るのではないか。

（そうなれば、虹の王冠もパトゥーラ諸島も私のものに。これは面白い……！）

コルヴィーノは空想に酔いしれる。ヴォラスが動かないのであれば、次に厄介なのはエドガーだが、彼は能力を重んじる性格だ。そしてエドガーはヴォラスを自分より格上とみている節がある。ゆえに、ヴォラスが動かなければエドガーも動くまい。ライバルはエメレンスとサンディアになるだろう。この二人を凌駕するだけで、あらゆる財宝、あらゆる称賛、そして虹の王冠が手に入るのだ。

（……馬鹿共が、そのような有様でレグルに勝てるものか）

　そしてエドガーは冷徹に評価を下す。彼が操船において生涯勝てないと思ったのは三人だけだ。ヴォラス。アロイ。そしてレグルである。中でもレグルは追放される前の、自分より一回りも年下の時点で圧倒的な才能を示していた。成長した今、どれほどの技量を得ているか、想像もつかない。

（恐らくは、海師が足並みを揃えてようやく五分。しかし解っていたことだが、フェリテでは海師達の音頭を取るのは難しいな）

　解せないのはヴォラスだ。彼もフェリテのみでは海師を束ねることは難しいと気づいているはず。それでも口を出さないのは、どういった魂胆か。昔から何を考えているのか解らない人間であったが、やはり読めない。

（アロイ様には恩義がある。ここからレグルにつくことはすまい。とはいえ、今更海に散ることを恐れはせんが、何とも締まらない最後になりそうだな）

　エドガーは観念したように小さく息を吐いた。

　その時だ。

「そしてもう一つ、皆に言うべきことがあります」

海師(ケリル)達の視線がフェリテに集まる中、彼は宣言した。

「私は昔から虹の王冠が嫌いでした」

は？　という顔を、ヴォラスを除いた海師(ケリル)全員がした。

その戸惑いが解ける間もなく、フェリテは言う。

「虹の王冠があれば腕力が上がりますか？　操船技術が向上しますか？　波風が穏やかになりますか？　そんなわけがありません。あれはただの宝石以上の存在ではない」

だというのに、と彼は続ける。

「そのたかが宝石一つを巡って、何人何十人もの人間が血を流し、命を落としてきた歴史がある。海師(ケリル)ロドルフもまた、この中の一つとなってしまいました」

「お、お待ちください」

何か不穏な流れを感じ取り、エレメンスが口を挟もうとするが、フェリテは構わなかった。

「私は思いました。もはやこれは呪(のろ)いであると」

海師(ケリル)達が息を呑(の)む。

誰もがうっすらと気づいていた。虹の王冠が人を惹(ひ)きつけ、破滅させる存在であると。しかしそれでも、あるいはだからこそ、拭(ぬぐ)いがたい魅力があるのだと。

「我が祖先マレーゼが手にした時、それは確かに神より賜(たまわ)った神聖な物であったのかもしれません。ですが血にまみれた虹の王冠は、人を祝福する物ではなくなりました。今も、この虹の王冠を巡って争いが産まれようとしています」

フェリテの真っ直ぐな目が海師達を射貫く。目をそらしたのはエレメンス、サンディア、コルヴィーノだ。ヴォラスとエドガーは、ジッとフェリテの一挙手一投足を注視する。

「私はここに赴く前に、二つの誓いを立てました」

おもむろに、フェリテは箱に収められた虹の王冠を手に取った。

「一つは我が兄レグルを倒し、パトゥーラ諸島に平穏を取り戻すと」

それを掲げ、海師達に見せつける。

「そしてもう一つは」

一息。

「この虹の呪いから、パトゥーラ諸島を解放すると！」

石が砕ける音がした。

それは床に叩きつけられた虹の王冠が奏でる、最後の旋律。

海師達が目を見開き、その砕け散った虹の欠片が彼らの視界に散乱する中、フェリテは言った。

「これが、私の答えです」

「海師達（ケリル）との秘密会談を、自分のお披露目（ひろめ）だと考えるべきだ」

ウェインの言葉に、フェリテは首を傾げた。

「お披露目、ですか?」

「そうだ。海導（ラドゥ）アロイが死に、フェリテ殿は後継者になるはずだった。が、正式な継承をする前に捕縛された。これによってフェリテ殿の権威と求心力は大幅に落ち込み、それがさらに海師達（ケリル）の野心をくすぐった。有（あ）り体（てい）に言えば——フェリテ殿は海師達（ケリル）にナメられている」

「……そうですね。確かにそうだと思います」

海師達（ケリル）の多くは今やレグルと共に、パトゥーラの次の覇権を狙っている。フェリテは既に終わった人間として、眼中に無いだろう。

「この状況でただ協力を求めても、海師達（ケリル）の足並みを揃えることは難しい。だから改めてフェリテ殿が海師達（ケリル）の前でリーダーシップを示す必要があるわけだ」

「なるほど、理解しました。……その一環が、これなわけですね」

フェリテの視線が向かうのは傍（かたわ）らに置かれた物体だ。

それは虹の王冠だった。粘着性の樹脂で強引（ごういん）に修繕されたそれは、ひび割れ、欠け落ち、往年の輝きを失い——それでも辛うじて形は保っている。

「虹の王冠が砕けた事実はいずれ海師達（ケリル）にバレる。だから破砕の事実を彼らが知る前に、彼らの前であえて壊すことで、デモンストレーションとして利用する、ですか。……まさか二度もこれが壊れる姿を見ることになるとは、思ってもいませんでしたよ」

　これが成功すれば、海師達は度肝を抜くことになるだろう。インパクトという点でみれば、これ以上のものはない。

「目の前で権威の象徴を砕かれた海師達の心には、戸惑い、怒り、失望、驚き……色んな感情が渦巻くだろう。そこにつけ込み、説き伏せる。これはそういう勝負だ」

　ウェインは一息置いて、言った。

「できるか？　フェリテ」

　フェリテは少し驚いたように目を開き、それから、笑った。

「やりましょう、ウェイン」

「な、なんということを！」

　真っ先に悲鳴をあげたのはエメレンスだった。

「ああ、こんなことが……！」

　次いでコルヴィーノは自分の足下に転がってきた破片をかき集めようとする。

「ご自分が何をやったか理解されておいでか⁉」

さらにサンディアが席を立って叫んだ。

上手く行った、とフェリテは思う。

海師達の近くに虹の貝殻を置いては欠損が露見するとして、各海師とフェリテの位置、虹の王冠を見る角度を事前に何度も調整した。密会という状況にかこつけて、部屋は限界まで光量を絞って視界を悪くもした。

まさかここに運ばれる前から虹の王冠が砕けていたなど、誰も気づいた様子はない。

（まあ一人、知ってて黙っている人がいるわけですが……）

海師ヴォラス。彼だけは破砕の事実を知っていた。もしも彼から他の海師に伝わったら計画は全てご破算になる。そこで彼には事前に、黙っていてもらうように打診したのだが――

『構いませんとも。若人が試練に挑むというのならば、手を貸してやるのが先達の役目。とはいえ、お約束できるのは私が動かないということだけですな。私を動かしたければ、相応の可能性を見せてもらいましょう』

こちらの計画について何も聞かずにヴォラスはそう答えた。そのおかげでここまで至ることができた。

だが、本題はここからだ。ここから先にウェインの助言は無い。ヴォラスも含めて自分の力で、熱意で、彼らを説き伏せ、麾下に収めなくてはならない。

（勝負――――！）

フェリテは息を吸った。

「もちろん理解していますよ、サンディア。この私の行いで、未来のパトゥーラに流れる血が大きく減ったことでしょう」

「何を馬鹿な！」

サンディアは今にもフェリテに摑みかからんばかりの形相だ。

「虹の王冠は象徴だった！　これを失えばパトゥーラにどれほどの混乱が起きるか！」

「起きません」

フェリテは自らの言葉に熱が宿るのを感じた。

「混乱など、起きません。パトゥーラにはザリフ家が、私がいます。たとえ虹の王冠を失おうとも、混乱など決して起こさせない」

「……随分と大きく出ましたな」

エメレンスが食ってかかる。

「先代海導アロイ様と共にザリフ家は兵も財も失い、残るは貴方と僅かな供回りのみ。そんな有様で、どうしてそのような大言を吐けるのです⁉」

「実績があるからです」

負けるな。臆するな。風よ吹け。自分はあの尋問にだって耐え抜いたのだ。この程度の逆境で、弱音などおくびも出てこない。

「マレーゼより始まり、ザリフ家は長くパトゥーラを統治してきました。ザリフ家を引き継いできた人間が、一つ一つの課題に挑み、乗り越え、民を導いてきたからこそ、民はザリフ家を海導（ラドゥ）として認めてきたのです」

「し、しかし！」

　コルヴィーノが何事か口にしようとするが、フェリテはそれを言葉で圧倒する。

「まだパトゥーラが一つの国家として纏まりを欠いていた頃、確かに虹の王冠は必要でした。しかしそれから長く積み重ねてきたザリフの実績は！　歴史は！　たとえ虹の王冠を失おうとも、白紙になることはない！」

　海師（ケリル）達は圧倒されていた。十何隻もの船とそれを操（あやつ）る水兵を抱える海師（ケリル）達が、全てを失った目の前の青年に、呼吸を忘れるほど目を奪われていた。

「私は今この時より、パトゥーラの歴史を前に進める！　レグルを打ち倒し、虹の王冠という神の権威に縋（すが）っていた未熟な国家から、人の手による人の国家をここに出航させる！　それでもなお虹の影を追い求めるというのならば、今すぐこの場を立ち去るといい！」

　会議場が静まりかえる。

　僅かに聞こえる乱れた呼吸音は、フェリテのものだ。

　そこに、ゆっくりと声がかかった。

「……フェリテ様」

ヴォラスだ。これまで黙っていた老将が、若き指導者に目を向ける。

「神の導きを失った先駆者の道行きは、辛く、険しいものですぞ。一度道を間違えれば、後に続く民も間違えてしまう。そしてその責任や怒りは貴方に向かい、神は助けてくれませぬ」

「それを背負えぬ者に、海導（ラドゥ）たる資格はありません」

「ふっ……愚問でしたな」

ヴォラスは椅子から立ち上がった。

そしてフェリテの前で跪（ひざまず）き、宣言する。

「海師（ケリル）ヴォラス、貴方様に剣と舵輪を捧（ささ）げます」

あのヴォラスが動いた。

その事実にエメレンス、サンディア、コルヴィーノは驚愕（きょうがく）する。

しかしそんな彼らの横を、すっと一つの影が通り過ぎ、ヴォラスの横に跪いた。

「海師（ケリル）エドガー、貴方様に剣と舵輪を捧げます」

すると小さく笑ったのはヴォラスだ。

「お主のような堅物が二番手とは、驚いたぞ、エドガー」

「いつ終わるともしれぬ人生なれば、せめて好きな風に乗りたいと思っただけのことよ」

海師（ケリル）の中でも古株たる二人がフェリテについた。

残るは三人。その中で動いたのは――

「……やれやれ、短い夢でしたね」

そう言って跪いたのは、コルヴィーノである。ヴォラスとエドガーが動いた時点で勝ち目はないとして、彼はすぐに切り替えたのだ。

「お見事です、フェリテ様。——海師コルヴィーノ、貴方様に剣と舵輪を捧げます」

残るエメレンスとサンディアは顔を見合わせた。

二人は野心家であり、そのことをお互いに理解している。だからこそ、ここで互いに何を思っているかを理解していた。

「虹の影を追う……か」

「そんなものを追いかけるほど、耄碌してはいない」

「ならばどうする」

「……虹は消えたが、新たな道は開けた。あるいは、その先で手に入る物もあるだろう」

二人は小さく頷き合うと、フェリテの前に跪いた。

「海師エメレンス、貴方様に剣と舵輪を捧げます」

「海師サンディア、貴方様に剣と舵輪を捧げます」

五人の海師の忠誠。

それを受け取り、フェリテは宣言する。

「ここに盟約は成った。総員、戦の準備をせよ。我が父アロイを弑逆したレグルを討ち、この

パトゥーラ諸島に安寧を取り戻す！」

「「――ははっ！」」

海師（ケリル）達が動きだした。

その報（しら）せは各島に飛ばしている密偵によって、すぐさまレグルの耳にも届けられた。

さらに、海師（ケリル）達の中心に、弟フェリテの姿があるということも。

「虹の王冠は、フェリテの手に渡ったか」

具体的な経緯は解らない。しかしこの現状はそうだとしか考えられなかった。

「……」

レグルにとってフェリテは、自分の後ろをついてくるだけの無才の弟だった。

幼少の頃はそれを不快に思ってはいなかった。兄の才能を認め真っ直ぐに称賛する弟の在り方は、むしろ心地よくさえあった。

それが変わったのは、いつからだろうか。

気づけばフェリテの目には、こちらを気遣うような感情が宿っていた。自分が周囲と衝突する度に、仲裁しようと弟が必死になっていたのを覚えている。

反吐が出そうだった。何の取り柄もないくせにしゃしゃり出てくる弟を、何度殴りつけたことか。後ろから黙ってついてくるだけなら許そう。しかしこの自分に意見するなど、許されることではない。

その弟が今、海師達を率いて自分に反旗を翻そうとしているという。

「腸が煮えくりかえるとは、このことだな……」

言葉の中に、堪えきれぬほどの憤怒が籠もる。

自分がいなくなった結果、おこぼれで後継者となれただけだというのに、何を調子づいているのか。もはやあれを弟とは思うまい。この手で五体を刻んでくれよう。

「――レグル様」

その時、部下の一人が部屋の扉を開いた。

「なんだ?」

不機嫌を隠そうともせずに視線を向けると、部下は震えながら言った。

「それがその、今し方お客様が到着されました」

「客だと?　誰だ?」

「はっ、それは――あっ」

扉の前に立つ部下を横に追いやって、一人の男が現れる。

貴公子然とした端正な顔立ちのその男を見て、レグルは思わず椅子から腰を浮かした。

バンヘリオ王国公爵にして選聖侯が一人。多くの芸術家を支援していることから、芸術公とも呼ばれる彼の名を、レグルは知っていた。

「シュテイル・ロッゾ——⁉」

「やあ、久しぶりだね、レグル」

シュテイルは柔和に微笑みを浮かべた。

「なぜ貴様がここに……⁉」

「なぜも何も、後援者が援助している相手の様子を見に来るぐらい、普通のことだろう?」

そう言うとシュテイルは置いてあった椅子の一つに腰かけた。その姿を苦々しく見つめながら、レグルは内心で舌打ちする。

シュテイルがレグルの後援者というのは間違いではない。

かつてパトゥーラを追放されたレグルは、バンヘリオ王国に辿り着いた。海にも面しているその国で彼が行ったのは、海賊業である。

返り咲くために力をつける。一刻も早く。レグルはならず者を集め、船を奪い、商船を襲い、瞬く間に勢力を拡大させ——

叩き潰された。

目の前のこの、シュテイルによって。

その時のことは今思い出しても屈辱だ。しかしそうして捕縛され、シュテイルの前に連れ出された時に、彼はこう言ったのである。

――君の怒りと憎悪から、素晴らしい芸術の可能性を感じる。

それからというもの、シュテイルは多額の金銭や人材をレグルに供与した。

レグルは遠慮などしなかった。それどころか借りとも思っておらず、力をつけて、パトゥーラ諸島を手にした暁(あかつき)には、この男を倒して敗北を払拭(ふっしょく)するとすら考えていた。

しかし、シュテイルもまたレグルがそう思っていることを理解しているはずだ。だというのに彼は助力を惜しまず、レグルに船団を与えている。一体何を考えているのか、レグルの方はまるでシュテイルを理解できていなかった。

ただ、少なくとも今、彼が何のためにここに来たかは解っていた。

「それで……予定より遅れているようだね、状況が」

「……」

計画の遅れは、レグルとて認めざるをえない事実である。

本来ならばアロイと彼が率いる船団を奇襲で沈めた後、パトゥーラの中心部を占拠。手に入れた虹の王冠の権威を利用し、海師(ケリル)を筆頭とした有力者達を制圧し、現時点で既にパトゥーラ諸島は掌握しているはずだった。

しかし虹の王冠は手に入らず、行方を知る弟フェリテにも逃げられ、探し回っているうちにフェリテによって海師(ケリル)達が団結してしまった。

「ああ、勘違いしないでくれ。責めているわけじゃないさ。芸術家なんてものは締め切りが過ぎてからやる気を出すものだからね。遅延には慣れている。ただ、海師達が全て敵に回ったそうじゃないか」

「……耳が早いことだ」

定期的に報告は入れているが、当然というべきか、シュテイルも独自のルートで情報を得ているようだ。そしてレグルが負けてせっかくの投資がフイになってしまうかもしれないと、慌ててやってきたに違いない。

（……どいつもこいつも）

怒りが滾る。もはや伴侶のごとく、ずっと抱いてきたのがこの怒りの感情だ。パトゥーラに居た頃は制御できなかったそれが、追放されることで憎悪と混ざり合い、冷静さを備えたのは皮肉な話だ。おかげで他の船を指揮する部下達に、自分の手足となるだけの教育を地道に叩き込むことができた。

「海師達は元より叩き潰す予定だった相手だ。あの愚弟について刃向かうというのならば、ちょうどいい、一匹ずつ潰す手間が省けるというものだ」

「本当にできるのかい?」

「舐めるなシュテイル。この海で俺に並び立つ者など誰もいない」

「なるほど、自らの能力と才能を疑わない君の負けん気は健在のようだ」

シュテイルは頷いて言った。

「ならば至高なる君に問うが、これからどうするつもりかな？　敵の準備が整う前に、早速打って出るのかな？」

「いや、待つ」

レグルは言った。

「俺はアロイと海師(ケリル)を始末した後、穏当にパトゥーラを支配しようとしていたが、それが愚かな連中には軟弱さと映り、反旗を抱く原因になったようだ。そのような連中が二度と出てこないよう、俺の偉大さを確実に知らしめなくてはならん」

ゆえに、と続ける。

「相手が万全の備えを終えるまで、待つ。そして正面からぶつかり、正面から叩き潰(つぶ)す。それでもって、俺が王であると誰もが理解するだろう」

「……なるほど」

「不服か？」

「まさか。実に君らしくて気に入ったよ」

シュテイルは言った。

「支援が必要なら可能な限り手配しよう。君が憎悪の炎で旧弊を駆逐し、新たな王朝を築く時を楽しみにしているよ。——ああ、その光景はきっと、素晴らしい芸術になるだろう」

そう言って笑うシュテイルの顔は、しかし、底知れぬ怪物のようであった。

一方、海師(ケリル)達が合流したフェリテの陣営は、急ピッチで戦支度を整えていた。

船を集め、船員を集め、物資を集め、そのための人を集め——とにかく大量の人と物が行き来し、トップであるフェリテは目が回りそうだった。

無論弱音は吐かない。これが意義と可能性のある忙しさだと解っているからだ。うかうかしていてはレグルが動き出すかもしれない。その前に、できる限りの準備をしておかなくてはいけないのだ。

しかし人間である以上、多少の休憩は必要になる。

そんな時にフェリテが訪れるのは決まって書斎だ。ヴォラスの屋敷の書斎になるが、先日人をやって隠れ家に置いていた資料を回収し、ここに収めてある。ここで少しばかり本や資料を読みふけるのがフェリテの息抜きだった。

だが今日、書斎には先客がいた。

「ウェインも休憩ですか?」

「ああ、フェリテか」

書斎に入ると、ウェインがそこかしこに資料を広げて座っていた。

ウェインやニニムは外様の人間であるが、戦支度の手配を担っていた。何せ今は猫の手も欲しい状況だ。二人は元より、彼らと共にやってきた使節団のメンバーや、サレンディーナ商会のフラム人達も、二人の部下としてこの件に手を貸している。

「俺の担当していた案件が一段落してな。まあすぐに追加がやってくるんだが、それまでの間の時間潰しだ」

「あの仕事量を一段落させられるだけでも驚きですよ。私など、仕事に押し潰されそうになってこうして呼吸をしにきたぐらいですから」

「参考までに言っておくが、実際にトップに立てば今以上の仕事がやってくるぞ」

「……パトゥーラのために身を捧げる覚悟が、少し揺らぎました」

ウェインとフェリテは小さく笑い合った。

「時に何を読んでいるので？」

「パトゥーラ諸島の歴史だ。隠れ家で少し目を通したから続きをな。今はマレーゼの項目の終わりぐらいだ」

「ああ、我がご先祖ですか」

フェリテの含むような反応に、ウェインは言った。

「フェリテはマレーゼが嫌いなのか？」

「……難しいところです。当時の情勢を鑑みれば、神官であったマレーゼが虹の王冠を持ち出して権威を求めたのは、英断だったでしょうから」

今から百年ほど前、パトゥーラ諸島は危機に陥っていた。

帝国とは別の、当時大陸東部で強大だった国に攻め立てられていたのだ。

その頃のパトゥーラ諸島は、各島ごとに部族が支配し、それぞれ自由に行動をしていた。一つの国家としての纏まりがなかったのだ。

そこを敵国につけ込まれ、ジワジワと他国に侵略されている現状を憂い、行動に移したのが当時神官だったマレーゼ・ザリフである。

どこからともなく持ち出した虹色に輝く宝石を、海神オルベールの虹の王冠と称し、自らを海神の代行者として島民を纏め上げた。そうして外圧を撥ねのけた後、パトゥーラの長として君臨し、パトゥーラの独立国家としての立場を維持してきたのである。

「国として成り立っていなかった集団を、神の名の下に一つにした。その手腕は認めざるをえないでしょう。私達が捕まっていた砦も、マレーゼが指揮して造らせたものですから、指導力は相当だったはずです。ですが、そこを発端として今の状況があるのも事実。私個人としては、凄い人だがそれはそれとして腹立たしい、といった人物ですね」

苦笑を浮かべた後、そういえば、とフェリテは言った。

「その本に書いてあると思いますが、もう読みましたか？　虹の王冠の正体について」

「ああ、書いてあったな。なんでも、本当に貝殻だとか」

　虹の王冠は、渦巻く貝殻の形をしている。

　余人は虹の王冠について、熟練の職人が宝石を重ね合わせ、加工したのだろうと語る。しかし一度でもその輝き目にした者は、あの精密さと輝きは、とても人知の及ぶところではないと確信する。

　だからこそ神の御業、海神オルベールの所有物であるという話が信憑性を得るのだが――貝殻の形をしているのは、本当にそれが貝殻であるからだ、という説があるのだ。

「大陸南部の海域に生息する、アネミアという貝。これが丁度虹の王冠と同じような形の貝殻をしているのですが、この貝には異名があるのです。石喰い、という異名が」

　その異名の通り、アネミア貝は生息域の石を喰う性質がある。そうして周辺の石と同じ色合いの貝殻に育ち、捕食者から擬態するのだという。

「つまり虹の王冠は、アネミア貝が宝石を食べて成長した貝殻である、と。……実際、宝石を食べたら変わるものなのか？」

「昔独自に研究した人間がいたのですが、拳大の宝石を与えたところ、貝殻の縁が僅かに宝石の色合いになったそうですよ」

「そうなると、海の中に巨大な宝石の鉱床があり、そこで捕食されることなく悠々暮らしていたアネミア貝を、何らかの拍子にマレーゼが手に入れた……というわけだな。それはそれで、神が差配したとしか思えない確率だな」

「全くです。マレーゼもきっと自らの意志を神が後押ししてくれていると思ったでしょうね。本当にアネミア貝ならの話ですが」

フェリテは笑って続けた。

「そのマレーゼですが、一つ、謎の口伝を残しているのです。本にも書かれていますが……」

「ああ、読んだ。【新しき物が満ちる時、義眼に眠る虹が浮かび上がる】だな」

「一説によれば、それが虹の王冠を見つけた場所であると言われています。謎かけをするぐらいなら、素直に場所を伝えて欲しかったところですが」

「仮説が正しいなら、そこは宝石の鉱床になる。そんな宝の山を素直に教えるのは気が引けたんじゃないか？」

「はは、かもしれませんね」

そのような調子で、雑談を繰り広げる二人だったが、そんな彼らを書斎の入り口からこっそり見つめる目があった。

ウェインの従者であるニニムと、フェリテの従者であるアピスである。

「フェリテ様が楽しそうにしておられる……」

「お互い年齢や立場が近いこともあって、気が合うのかもしれませんね」

本来は休憩している主を呼びに来た二人だったが、主君同士の話に花が咲いている様子を見て、あえて声をかけずにしばし待つことにしたのである。

「……ニニムさん、ウェイン王子はよく笑う御方ですか？」

「え？　ええ、昔は違いましたが、今は随分と感情も豊かになられましたね」

不意に問われて頷（うなず）くと、そうですか、とアピスは相づちを打ち、言った。

「フェリテ様は逆に、成長するにつれて笑顔を浮かべなくなられました」

思い出すのは、虹の王冠を奪おうとしたレグルの暴走によって、彼の母が死亡した時のこと。

それまで明るく闊達（かったつ）な少年だったフェリテだが、母と兄を失ったその日から、笑うことはほとんどなくなった。

父であるアロイもまた、妻と後継者を失ったことで精彩を欠き、後継者となったフェリテを顧みることがほとんどなくなった。あるいは、レグルと違って船乗りの才に乏しい二番目の息子を、内心で見限っていたのかもしれない。

長からそのような扱いをされていれば、周囲もフェリテに対して距離を置くのが当然だ。彼はかつての兄のように、孤独に過ごすようになっていた。それはまさに、暗雲だった。

けれども、彼は腐ることはしなかった。来る日も来る日も操船の腕を磨き、あるいは資料に目を通して学び続けた。

アピスは主君の努力がいつか実ると思っていた。彼が海導（ラドゥ）になればきっと皆が彼の積み上げてきたものを認めるだろうと思い続け――レグルという嵐が再来がする。

アロイの死。フェリテの捕縛。主を囮（おとり）にしながらおめおめと逃げた自分。あまつさえ、虹の王冠を奪われるという失態。あまりの不甲斐（ふがい）なさに、何度自害しようと思ったことか。

だというのに、今。

紆余曲折の末に、主君は海師（ケリル）達に認められ、こうして楽しそうに笑っている。

「ああ――嬉（うれ）しくて、少し悔しいです。出来ることなら、私がフェリテ様の笑顔を取り戻したかった」

けれど、構わない。

あの二人の出会いはきっと、海神オルベールの祝福なのだろう。

長く長く積み上げてきた彼に報いるために。

神の手から人の手による歴史に踏み出そうとする彼を、応援するために。

最初で最後の、ささやかな奇跡なのだ。

「……私達にとって、主君とは太陽です」

ニニムは微笑を浮かべていた。

「主の輝きが曇らないよう、影より支えるのが私達の役目。悔しがっている暇などありませんよ。お互い、主のために頑張りましょう」

「ええ、そうですね」

ニニムの言葉に、アピスは小さく笑って頷いた。

そうしてしばらくの後、フェリテ陣営は攻撃の準備を整える。
対するレグル陣営も万全の状態で迎え撃つ構え。
兄弟達による最後の戦いが、ついに始まろうとしていた。

第五章　虹の導く結末

「レグル様！　敵船団発見しました！」

「来たか……」

部下からの報告に、船長室で瞑目（めいもく）していたレグルはゆっくりと立ち上がった。

船室を出て甲板に踏み出す。海風が頰（ほお）を撫（な）でた。空は雲の姿が多少あれど晴れ。風は南からの微風。海面の波は穏やかだ。

周囲を見渡す。海域にはズラリと船が並んでいた。その数六十五隻。船種は全（すべ）て帆船。レグルの保有するおよそ全ての戦力である。

次に水平線の彼方を見る。そこにぽつり、ぽつりと浮かび上がる小さな影。船だ。こちらに向かってくる。

「四十五……五十……敵船団、およそ六十隻！　船種は全てガレーの模様！」

敵船団、すなわちフェリテの船団である。

その数はほぼこちらと同等。事前調査による向こうの水夫の人数を踏まえれば、海師（ケリル）達の全戦力になるだろう。

「勝つつもりでいる、ということか」

この海戦で勝った方がパトゥーラ諸島の覇権を握る。引き分けは無い。二つの大船団は、片方が勝利を手にし、もう片方が死を手にすることになる。

「しかし、決戦に今日を選ぶとはな……」

ここしばらく、強い風が吹く日が続いていた。帆船が主体のこちらに対して、海師（ケリル）ロドルフがそうであったように、フェリテの船団はガレー船で統一されている。となれば、強風で海が荒れていると不利になる。

だからこそ、風が比較的収まっている今日を決戦の日としたのだろう。これ以上時間をかければ、こちらとの戦力差が覆せなくなると考えて。

「……これから起こることを知らずに、愚かなことだ」

嘲（あざけ）るようにそう言って、レグルは片手を挙げる。

六十五の船が、一斉に動き出した。


レグルの船団が動いた。

旗艦の上でそれを捉（とら）えたフェリテは、思わず身震いした。

「フェリテ様、緊張されておいでですか？」

傍らのアピスに問われ、フェリテは小さく頷く。

「そうですね、緊張しています」

合計百隻を超える船がぶつかり合う、まさに一大決戦。

パトゥーラの歴史上においても、これほど大規模な海戦は存在しない。

「……兄が追放されてから、私が父の跡を継ぐとは思っていました。けれど、特別名を残したいとは一度も思いませんでした」

自分が統治している間、平和で穏やかな日々を続けられればそれでいい。

そう思っていたはずなのに、まさかこんな、歴史に名を残す戦いを挑む羽目になるとは。

「ままなりませんね」

「全くです」

フェリテは苦笑する。本当にままならない。これが神々ならば、この戦いを回避して平和を取り戻すことができるかもしれないが、神ならぬ身にできることは、今、目の前の試練を乗り越えることだけだ。

「各海師に伝達。――作戦通り、勝ちに行きます」

戦況は拮抗（きっこう）、あるいはフェリテ軍の若干優勢といえる状況だった。

船の数が増えたところで、根本的な戦術が衝角（しょうかく）による突撃と、接舷（せつげん）による白兵攻撃であることに変わりはない。

その上で風は微風、波が穏やかな今の環境において、やはりフェリテ軍の主力であるガレー船は強い。さらにレグル軍の精強さはエメレンスやサンディア、ヴォラスなどが目撃しており、情報を共有している。帆船などと相手を侮（あなど）ることはない。

ゆえに優勢。されどそこに若干とつくのは、レグル軍が攻撃よりも守備を優先しているためだ。

「……相手は持久戦が狙（ねら）いか」

海師（ケリル）エメレンスは船を指揮しながら呟（つぶや）く。

こうなることは事前に想定されていた。風が弱いタイミングで攻めれば、相手は守りを固め、風向きが変わるのを待つだろう、というものである。

（持久戦になった場合、ガレーは辛（つら）い）

人力であるガレー船は、水夫達が重たい櫂（オール）を漕（こ）ぐことで航行する。当然、それが長時間であるほど水夫達に疲労が溜（た）まり、動きが鈍くなる。風力で動く帆船とは、水夫にかかる負担が段違いだ。

（しかしこの調子ならば、こちらの疲労がピークに達するよりも早く、勝敗を決する戦力差と

なるだろう）

若干であっても、優勢は優勢だ。ジリジリとだが敵側の被害は拡大している。

このままいけば勝てる。しかしあのレグルがこのままで済ますはずもない。ではどうするつもりかと考えて、ふと彼は呟いた。

「戦域が……南に移動している」

「五番艦隊の被害拡大！」

「十一番艦隊、敵海師（ケリル）ヴォラスの艦隊が張り付いて身動きが取れない模様！」

「敵船団の航行速度、まだ落ちません！」

信号旗を利用した各艦隊の情報が、次々とレグルの下へ届けられる。

伝達内容は総じて押されているというもの。しかし、受け取るレグルに動揺は無かった。

押されている。とはいえ、実際に沈んだ艦はまだ十隻にも満たない。敵艦との距離を保って回避や防御に専念させていたためだ。

百隻もの船が密集してぶつかりあえば、もはや航行どころの話ではない。海が渋滞し、一時的に船の形をした陸地が出現したも同然になる。そうなったら、両軍入り乱れての白兵戦だ。

どちらに勝敗が傾くか、レグルであっても読み切れなくなる。

そこでレグルは味方の船に、敵船と距離を維持するよう徹底させた。これが被害の少なさと、針路の余裕を生んでいる。もちろんその代わり、フェリテ軍側の被害はもっと少ないが――レグルの狙いはそこではない。

「そろそろだな」

レグルは敵との距離を維持させると同時に、味方にもう一つ指示を出していた。

それは敵の攻撃を避ける体を装いながら、徐々に南の海域へ移動しろというものだった。

「向こうにも気づいた者がいるかもしれんが、もう遅い」

レグルは開戦前からそれに気づいていた。

なぜならば海が、風が、彼にその事実を告げたからだ。

南から風に乗って運ばれてくるものがあると。

分厚く重い、暗雲が迫っていると。

そう、アロイを討った時と同じあれが。

「お前の負けだ、フェリテよ」

竜嵐。

この時期にのみ生じる突発的な嵐が、決戦海域に到来した。

◆◇◆

戦況は一変した。

竜嵐の到来で海域には強い雨が降り、吹き荒れる風は高波を呼ぶ。

ガレー船は荒れる海に弱い。下が平坦（へいたん）な海面だからこそ息を合わせて櫂をこげるのだ。波で縦横無尽（じゅうおうむじん）に揺れ動き、櫂の受け孔（あな）から海水が次々と入り込むような船内では、まともに櫂を漕ぐのは困難である。

「エドガー様！　仲間の船が次々と航行不能の信号旗を！」

「この波風では我が艦もじきに動けなくなります！」

「狼狽（うろた）えるな！　今は耐えることに力を尽くせ！」

弱気を見せる部下を叱咤（しった）しつつ、海師（ケリル）エドガーは舌打ちする。

「並の腕前であれば帆船であっても厳しい風のはずだがな……」

あるいはこれが両軍ともにガレー船が主体であれば、互いに撤退して仕切り直しとなっていただろう。しかし帆船が主体のレグル軍は、この嵐の中で次々とフェリテ軍のガレー船を攻め立てていた。レグル側の船にとって、まともに航行できない船など良い的でしかない。攻守逆転どころか、フェリテ側の船は身を守ることすらできずに沈められていく。

「全く、我らも恨まれたものだ……！」

嵐の中で動けているのはレグルの旗艦だけではなく、麾下の船もだ。あの周囲を顧みることのない天才が、どれほど自らを押し殺して部下を鍛えたことか。それだけパトゥーラへの恨みが深かったということなのだろう。

しかし、それでもエドガーは思う。

「見くびったな、レグルよ！　我らが新しき海導は、お前を凌駕するぞ――！」

妙だ、とレグルは思った。

嵐に突入し、こちらが優勢となった。そこまではいい。

しかし予想よりもずっと相手の対応が早い。士気も崩壊せず、懸命に耐え抜いている。

それはまるで、この嵐の到来を予見していたかのようだ。

(馬鹿な、有り得ん)

海や風の様子から今後の天候を予測することは、船乗りにとって珍しくない技術だ。しかしレグル並の精度で先の予測が出来る人間は、この地上に存在しないはずだ。

(まして仮に居たとすれば、挑んでくるわけがない。敵の船はどれもが帆を柱ごと外している。風が来るわけがないと判断していたはずだ)

ガレー船とはいえ、中には帆と柱を取り付けて風を受ける船もある。

しかし今回のフェリテ側の船は、完全に櫂だけで動く人力船で統一されていた。これは柱の重量がない分、機敏に動ける効果がある。

（そう、だから俺は相手が竜嵐を予測していないと考えた。それならば竜嵐まで耐えることで勝てるとして、開戦に踏み切った。それでももし、相手が竜嵐を予測していたというのならば――）

あえて帆と帆柱を外すことで、竜嵐に気づいていないと思わせ、こちらを戦場に引きずり出すのが狙いだった、ということになる。

「――――」

馬鹿な。有り得ない。相手にそんな風の読み手がいるわけがない。それに意味がないだろう。こうして相手は嵐に呑まれ、劣勢に立たされている。嵐が来ることを予見していたのなら、これを回避しようとするはずだ。

考えすぎに違いない。そう思い込もうとして、不意にレグルは南の空を見た。

「……何だ？」

それは風を読み、嵐を予見しうる天賦の感覚が捉えた、異常。

「何かが来る……」

背筋が粟立つ。帆を破るほどの強風――いいや違う。船を呑み込むほどの大波――それでもない。しかし、何かがもうすぐそこまで迫っている。

「これは、何だ……!?」

おののくレグルが見つめる先で、暗雲が大きく蠢いた。

「竜嵐を利用します」

会議室に集った五人の海師と、その端に座るウェインの前で、フェリテはそう言った。

「父アロイがこれに巻き込まれて討たれたことと、レグルの持つ才覚を踏まえると、恐らくレグルは竜嵐の発生を予測することができます。これを逆手に取るのです」

「……にわかには信じられません」

サンディアは言った。

「竜嵐は生まれる時も去る時も突然の現象。いかなる船乗りといえど、これを予測しうるなど」

「いや、あの男ならば有り得ることだ。あれの風読みはもはや異能の域にある」

エドガーがフェリテの意見に同意を示す。エドガーが冗談など言わないと知っている若い海師達は、改めてレグルの才覚に背を震わせる。その横でヴォラスが問いを投げた。

「それではフェリテ様。逆手に取るというのは、あえて竜嵐が起きる日に決戦を挑むということでよろしいか?」

するとフェリテが答える前にコルヴィーノが異を唱える。

「お待ちを。竜嵐の暴風の中では我々の主力であるガレー船は動けなくなります」

「だからこそ、であろう」

ヴォラスが言った。

「情報によればレグルの背後にはバンヘリオ王国がついているそうではないか。時間は向こうの味方だ。奴を決戦に引きずりこむには、確実に勝てると思わせなくてはならん」

「なるほど……あえて竜嵐が起きる日に挑み、竜嵐が到達する前にレグルめを討つわけですな」

エメレンスは頷くが、エドガーは眉根を寄せた。

「しかしそれでは疑問が残る。まず、竜嵐の発生を我らがどう予知するのか。そしてもう一つは、恐らくは竜嵐が来るまで防備に徹するであろうレグルの船団を、竜嵐の前に討伐することができるのか、だ」

海将達は揃って唸った。前者は不可能で、後者は至難。とてもではないが、この作戦を実行に移せるとは思えない。彼らの疑念を宿した視線は、自然とフェリテに集まった。

しかしそんな彼らに向かって、フェリテは堂々と言い放った。

「まず竜嵐の予知ですが、これは可能です。戦支度していく間にも二回ほど発生しましたが、事前に察知することに成功しています」

「なんと⁉」

「いつの間にそれほどの技術を⁉」

驚く海師(ケリル)達に、フェリテは頭を振る。そして彼が取り出したのは、分厚い資料だ。

「私の能力によるものではありません。このザリフ家が積み上げてきた資料に記述されていた情報を纏め上げることで、竜嵐の予兆を分析することができたのです」

フェリテは言った。

「この資料を共有することで、多くの人間が竜嵐の前兆を察知することが可能になるでしょう。そうして予知の精度を高め、最も都合の良いタイミングで決戦を仕掛けます」

「なるほど……一人一人はレグルに及ばずとも、人数をかければ同じ結果は得られると」

感心したように呟くヴォラス。

そんな彼に頷きつつ、フェリテは続ける。

「そしてもう一つ。この計画の狙いは、竜嵐到達前に決着をつけることではありません。むしろある特殊な竜嵐を乗り越えた先にあります」

「特殊な竜嵐を……乗り越えた先？」

戸惑いを口にする海師達に、フェリテは新たな資料を持ち出して配る。

「……これを資料の中から発見し、纏めたのはウェイン王子です。私も驚きました」

海師達は会議を見守っているウェインと資料の間で視線を行き来させながら、記されている内容を読み解く。やがてその眼が一様に驚愕に見開かれた。

「これは、まさか……」

「こんなことが、本当に起こるのですか？」

「ううむ、いやしかし……」

ざわつく海師達。そこにウェインが声を放った。

「これは賭けだ」

全員の目が向けられる中、傲然とウェインは笑う。

「資料が正しければ、間違いなくその特殊な竜嵐が発生する条件は満たしている。予期することも可能だ。ただし、あくまでも資料の中の話であることも事実ではある」

ゆえに、賭け。この紙束に記されている情報に、数百、数千の命を預けるかどうか。

「フェリテ様は、これを信じるのですか？」

エドガーが神妙な面持ちで問いを口にすると、フェリテは真っ直ぐに頷いた。

「ええ、信じます」

彼は宣言した。

「ザリフ家が積み上げてきた歴史は、本物である。この戦いで、それを証明しましょう――」

「フェリテ様！」

「ええ、解っています！」

旗艦の上で空の変調を見て取り、フェリテは緊張で手を固く握りしめる。

『その特殊な竜嵐が訪れるのは、数十年に一度のこの時期だけだそうだ。前兆として、強い風の日が異常なほど増加し、気温の上昇や動植物が例年よりずっと早く成長するとある』

「コルヴィーノ様！　味方の船がこれ以上持ちません！」

「もう少しだ！　もう少し持たせろ！」

空を見つめながら、コルヴィーノは配下を奮い立たせる。

『以前見たパトゥーラの神話に、こういうのがあった。海神オルベールが、黄金の槍と白銀の盾で海を荒らす海竜を倒した、というものだ』

「エメレンスの船はまだ沈んでいないな⁉」

「はい、サンディア様！　エメレンス艦隊の旗艦は未だに健在です！」

次々と船が沈む中、サンディアは舌打ちしながら安堵の息を漏らす。

『神話は時として、実際にあった出来事をベースにしている。資料を踏まえて考えれば、これも恐らくその一つだろう。海竜とは、すなわちこの特異な嵐。黄金の槍とは、空から降り注ぐ太陽。そして白銀の盾とは、太陽光を反射する海面。これらが示す、この特異な嵐がもたらす現象は一つ』

「長生きはするものよな」

ヴォラスは小さく笑った。

「まさか、このような光景を眼に出来るとは」

『――――凪だ』

その瞬間、風が、死んだ。

◆◇◆

何が起きたのか、レグルには一瞬理解出来なかった。

頭上の暗雲が途切れた。そこまでは解っていた。しかし雲が途切れたとしても風は残る。風さえあれば優位は変わらない。

その風が、途絶えたのだ。

「馬鹿な……何だこれは」

太陽光を反射する水面が眩しい。先ほどまで荒れていた海は打って変わって静まっている。それはまるで突如として、違う世界に放り込まれたかのようだ。

凪。海から風が消える時間。しかし竜嵐が途切れた直後にこのような現象が起きるなど、レグルであっても気づけなかった。そして彼が気づけないのならば、この地上の誰であっても気づけない。

そのはずだというのに。

「レグル様！　敵船団が攻勢に！」

「ぐっ――――！」

レグルは見る。嵐で動けなくなっていたガレー船が、次々と味方の艦隊に攻撃を仕掛けていく様を。その迷いのない動きは、この凪を予測していたとしか思えなかった。

(凪が来ると解っていたのならば、奴らの動きには説明がつく！　しかしなぜだ！　なぜ俺が解らないことを奴らが解るのだ⁉)

レグルは知らない。ザリフ家が古くから伝えてきた資料の中身を。その才能ゆえに顧みる必要がなかったからだ。

それ故にレグルが思い至ることはない。彼の才覚を、ザリフの歴史が上回ったのだという事実に。

――されど、たとえ思い至れないとしても、現状に対する指示は出せる。

「信号旗を出せ！　全艦隊、この海域から離脱せよと伝えろ！」

レグルにはプライドがあった。敵に背を向けて逃げることを躊躇うプライドが。

しかし彼の中の冷静な部分が、徹底抗戦の意志を封殺する。憎しみによって得た大局を見る力が、ここにあっても活きていた。

「我々も退却するぞ！　搭載している櫂を出せ！　背後にある小島に身を隠しつつ――」

「レグル様！」

部下の一人が悲痛な声をあげた。

今度はなんだと、その部下に目をやると、その人物は後方を見つめていた。

つられてレグルの視線が背後の海域へ向けられ――目を見開いた。

「馬鹿な、いつの間に……⁉」

背後の海域に、ナトラの旗を掲げた五隻の帆船が、立ち塞がるようにして浮かんでいた。

「悪いが、逃がすわけにはいかなくてな」

海に並ぶ五隻の帆船。

その旗艦に乗るウェインは、ふてぶてしく笑いながらレグルの船団を見つめていた。

「まさか本当にこの海域まで戦場が動くなんてね」

隣のニニムが驚きを滲(にじ)ませながら呟いた。

この五隻の船は、ウェインの指揮の下で開戦前に海を迂回(うかい)し、密(ひそ)かにこの海域に配置されていた船である。その目的は、このタイミングで逃げようとするレグル船団への牽制(けんせい)だ。

「竜嵐はいつも南から北にかけて流れる。となれば、竜嵐と早めにぶつかるよう、戦場を誘導するぐらいはしてくるさ。だったらその嵐とぶつかるポイントを予測し、伏せてればいい」

簡単に言うウェインだが、容易ではないことをニニムは知っている。戦場全体の移動速度と、嵐の発生と進行速度。それらを全て見切った上で、彼はこの海域の島影に船を潜ませていたのだ。相変わらずの怪物だと、ニニムは思う。

「……でもそこまで解っているなら、ウェイン自身が直接乗り込むなんて危険を犯して欲しくなかったわね」

「そういうな。これは戦後を見据えた行動でもある。フェリテが俺との約束を破るとは思わな

いが、海師達が納得するとは限らない。だからこうしてナトラが体を張って協力しましたよって解りやすくアピールしなきゃいけないのさ」

「実際に相手が迫ったらボートで即座に逃げるのでいいのよね？」

「もちろん。そもそも戦える人間乗ってないしな」

五隻の船は必要最低限の水夫しか乗っていない。しかもその水夫も、戦艦に乗せられる技量はないとされた見習いなどで、敵船が来たら逃げろと全員に指示を出してある。完全に牽制を目的とした配置なのだ。

「相手は気づくかしら？」

「気づくだろうな」

だが、とウェインはにっと笑う。

「気づいても回避できないのが、嫌がらせってやつさ」

「落ち着け！　あれはただのカカシだ！」
動揺する部下に向かってレグルは声を張り上げた。
「戦闘出来る艦ならばとっくに参戦している！　まして今はこの凪で、相手は帆船だ！　横を素通りすることも簡単にできる！」

　この指示でレグルの船の人員は多少なりとも冷静さを取り戻す。

　しかし当然ながら、彼の声が届くのは彼の船のみだ。他の船は背後に突然現れた敵船への動揺からなかなか回復できず、その隙（すき）を逃すほど海師（ケリル）達は甘くなかった。

「レグル様！　味方の船が次々と！」

　足の止まった帆船にガレーが次々と襲い掛かる。レグルの船団の帆船には多少の櫂は搭載されているが、風が無い時や接岸時に調整するための補助物だ。ガレー船の機動力にはまるで及（およ）ぶことはない。

「ぐっ……！　耐え凌（しの）ぐよう伝えろ！　この凪の状態は長くは続かん！」

　レグルの感覚は、もうじき海域に風が戻ることを捉えていた。しかしここまで予測していたとすれば、向こうも凪が長続きしないことは承知の上だろう。果たして凌げるか。

「敵旗艦！　接近！」

　部下の声にハッと海を見る。そこには猛然と迫る一隻のガレー船があった。

「フェリテ……！」

　この隙を逃さず、敵の大将を取りに来たということか。味方はもはや統率が利（き）かず、フェリテの船の航路を邪魔するものは何も無い。

「だが、俺を侮るなよ！」

　あと少しで左後方から右前方に向かって風が来る。背後からの一陣の追い風が。間に合う。風を帆で受けて、真正面から来るガレー船をギリギリで回避できる。後はその風を摑(つか)んだまま離脱すればいい。

（後五秒！）

　カウントする。船が迫る。もう少し。そして——

　風が吹いた。

「面舵(おもかじ)！」

　船を右に向けて帆全体で風を受ける。間に合った。そう思った時、レグルの眼には、この動きを予期していたかのように、こちらに船首を向けてくるガレー船の姿が映った。

「このような形で貴方に追いつきたくなど無かった、兄上——！」

　フェリテの乗るガレー船が、レグルの乗る帆船の横腹に突貫した。

（浅いか——！）

　突貫は完璧(かんぺき)なタイミングだった。

　しかし波風の偶然か。はたまたレグルの意地か。フェリテの乗るガレーの衝角は、レグルの帆船の横腹に突き刺さることはなく、その側面を大きく削るに留まった。

恐らくじきにこの側面は破れ、船は沈む。しかしレグルの腕ならば、そうなる前に戦域から離脱しかねない。

（もう一度距離を取って突貫する猶予はない！　ここで仕留めなければ逃げられる！）

即座にそう判断したフェリテは、部下に向かって声を張り上げた。

「鈎縄を投げろ！　相手の船を拘束して接舷する！」

「「おおおおお！」」

水夫達が次々と鈎縄を投げてレグルの船を引き寄せる。相手の水夫は逆に縄を切って振り切ろうとするが、突進された衝撃のせいで動きが遅く、二つの船はついに接舷する、

「総員抜刀！　敵船に乗り込め！」

フェリテの号令に従い、水夫達は剣を取って甲板を駆けだし、敵船に乗り込んでいく。

「アピスはここに残って皆に指示を！」

「なっ、フェリテ様⁉」

驚くアピスを置いて、フェリテも帆船に飛び乗った。

「どこだ、どこにいる……⁉」

周囲では既に水夫達の戦いが始まり、剣戟の音がそこかしこから響いている。それらを耳にしながら、フェリテは目的の人物を探し――

「俺はここだ」

呼びかけに振り向いたと同時に、白刃が鼻先をかすめた。

「っ……！」

フェリテは思わず飛び退き、見る。そこに立つ兄レグルの姿を。

「兄上……」

「やってくれたなフェリテ。偶然とはいえ、よくぞ俺の船をここまで追い詰めたものだ」

事ここに至ってもなお、レグルの心は折れていない。フェリテを睨み付けながら、彼は言った。

「しかし乗り込んでくるとは、足止めのつもりか？　愚かなことをしたな！」

レグルが甲板を蹴った。揺れる船上で、しかし揺るがぬ足運びで、レグルはフェリテに迫り剣を振る。

「お前ごときが俺の歩みを止められると思ったか！」

「くっ⁉」

フェリテもまた剣でレグルの猛攻を受ける。

剣と剣がぶつかり合い、異音と火花が幾度となく両者の間に咲き乱れた。

「どうしたフェリテ！　その程度の腕前で俺に戦いを挑んだのか⁉　――そら！」

一際強い一撃がフェリテを剣ごと弾き飛ばした。

フェリテは甲板の上を転がり、起き上がった彼の胸元からは血が滲む。切り裂かれたのだ。

「……ええ、確かに私の剣は兄上に及ばない。貴方はいつだって私の上にいた」

幸いにも深手ではないが、このまま戦いが長引けば負ける。自らの傷をそう診断したフェリテは、剣を固く握りしめた。

「ですがこれは足止めなどではない。この手で兄上と決着をつけるため、ここにきたのです」

「その結果、何も成せずにここで屍を晒すことになる。無様だな、弟よ」

嘲笑するレグルに、フェリテは息を切らしながら問いかける。

「……無様というのならば、兄上こそどうなのです。この状況で本当に海師達から逃れられると？　この期に及んでもまだ諦めないというのですか」

「当然だ！」

レグルは傲然と答えた。

「この程度で終わるものか！　俺の憎悪が晴れるものか！　俺は何度でも這い上がる！　そしてパトゥーラを！　虹の王冠を！　この手に掴むのだ！」

「……」

その時のフェリテの表情は、まるでレグルを悼むようだった。

口を開き、何事か言おうとして言葉にならず、口を閉じようとして、それでもやはり、彼は言った。

「兄上……一つ、告げなくてはならないことがあります」

「虹の王冠は、私がこの手で砕きました」

「何？」

レグルの動きが止まった。

周囲からは今もなお戦いの音が響き続けている。だというのに、二人はまるでそれ以外に存在しないかのように、視線を向かい合わせる。

「な、にを、言って……」

「もはやこの地に、いえ、この大陸に兄上が求めたるものはありません」

「……嘘だ、そんなわけがない！　虹の王冠が壊れるものか！　あれは神より賜ったパトゥーラそのものだぞ！」

「違う！　あれはただの貝殻だ！　そしてもはや誰にも必要がないものだ！　兄上！　目を覚ましてください！　かつての貴方は、あれより遙かに尊い未来を見据えておいでだった！」

「黙れ黙れ黙れ！　もういい！　お前と問答するなど時間の無駄だった！　お前達を皆殺しにした後で、虹の王冠を探し出せばいいだけだ！」

レグルは剣を構える。鬼気迫るとはこの事を言うのだろう。その全身から立ち上る闘志をフェリテは肌で感じた。

もうどんな言葉も兄には届かない。フェリテは覚悟を決めて、自らも剣を構えた。

両者の間に緊張が張り詰める。視線を微動だにさせず、呼吸さえも止めて、ただ機を待ち続け――その時、体当たりを受けて軋んでいた船の横腹が裂けた。
二人は同時に甲板を蹴った。
弾けるように揺れる船体。
両者の間に降り注ぐ高波の水しぶき。
二つの人影と二つの剣は、互いの命を奪うべく、風よりも早く肉薄し――
刹那、両者の間に、虹が架かった。
「「――――」」
それは水しぶきと太陽が生んだ、一瞬の幻。
しかしレグルの目は、虹に囚われて。
そしてフェリテの目は、その先から逸れなかった。

フェリテの剣が、レグルの体を貫いた。

自らの体を貫く剣を、レグルは無機質な眼で見下ろしていた。
傷口が燃えるように熱い。それに反して、手足が熱を失っていく。

ああ、死ぬのだな、と思った。思うと同時に、手から剣が滑り落ちた。

視線を上げると、虹はまだ残っていた。

摑むように手を伸ばして、届くことなく、虹は消えた。

（そういえば……幼い頃、こいつが似たようなことをしていたな）

それはいつの出来事だったろうか。

馬鹿なことをするな、と叱責した覚えがある。

それから、泡のように、当時の記憶が浮かんだ。

『兄上は虹がお嫌いなのですか？』

『嫌いだな。虹も、虹の王冠も、俺を差し置いて崇められるなど許せん。俺がパトゥーラを支配した暁には、虹の王冠なぞ叩き壊してくれる』

『そんなことをしたら、皆に怒られてしまいます！』

『それよりも価値のある男になればいいのだ。見ていろフェリテ、俺はパトゥーラのみならず大陸の海を支配し、海の果てに何があるのかを見てくるぞ！』

おお、とフェリテは眼を輝かせる。

『兄上！　兄上！　私も連れて行ってください！』

『馬鹿め、俺の船に乗るのは俺も含めて一流の人間だけだ。お前如きが入り込めるものか』

『それならば、なってみせます！　兄上に認められるような船乗りに！』

『ふん、万が一にも有り得ないな』

嘲笑い、それから、小さく言った。

『まあ、もしもそうなったら、考えてやろう――』

泡はそこまでで尽きた。

もはや、何の意味もない記憶の羅列だった。

とうの昔に、両者の道は分かたれたのだから。

「フェリテ様！　お早くこちらにお戻りください！」

弟の部下が何事か叫ぶ。裂けた船体の傷口から、海水をたらふく飲み込み始めている。もうじきこの船は沈むだろう。

「兄上……」

弟が顔を上げた。

濡れている頬は、水しぶきのせいだろうか。まあ、どうでもいいことだ。

「――この程度で俺に追いついたつもりか？」

弟の襟首を掴む。信じられないほど手に力が宿った。

「馬鹿め、お前が俺の船に乗るなど、百年早い」

「兄っ――」

フェリテの体が船の外へ放り投げられた。

同時に、帆船が沈み始める。戦っていた者達も、次々とガレー船へ帰還する。
レグル・ザリフは船と共に沈み、そして、二度と浮かんでくることはなかった。

かくして百隻を超える船が動員されたパトゥーラの海戦は、フェリテ・ザリフ陣営の勝利で決着を迎える。
この後、フェリテ・ザリフは海師達（ケリル）を従え、残党を掃討（そうとう）。パトゥーラの中央部の支配を取り戻し、パトゥーラ諸島の長として君臨することとなった。

エピローグ

パトゥーラの海戦が終わって、半月がすぎた。

フェリテは今、かつて自分が囚(とら)われていた砦(とりで)にいる。もちろん場所は牢獄(ろうごく)ではなく、きちんとした司令室だ。以前は兄が利用していた部屋でもある。

やるべきことは山積していた。自らが海導(ラドゥ)であると海師(ケリル)以外にも認知してもらうための広報活動、停滞していた他国との貿易の再開、その際に横行していた略奪行為への補塡(ほてん)、レグルが討(う)たれてもなお抵抗を続ける残党の掃討(そうとう)等、仕方ないとはいえ頭が痛くなる。

その時、扉が叩(たた)かれた。

「邪魔するぞ」

現れたのはウェインだった。この奇妙な縁で出来た友人を、フェリテは相好(そうごう)を崩して迎える。

「ああ、ウェイン。どうかしましたか?」

「いやなに、帰還の準備がようやく整ってな」

ウェインは言った。

「随分長居することになったが、やるべきことはすんだ。そろそろ本国に戻らなくてはな」

「そうですか……貴方には感謝してもしきれません。いつぞやの約束は、必ず履行します」

「そうしてもらえると有りがたい。……だが、それはそれとして、少しついてきてくれないか。一つ見せたいものがある」

「見せたいもの、ですか？」

　フェリテは小首を傾げるも、言われるままウェインと共に部屋を出た。

「この砦、作ったのはフェリテの祖先のマレーゼだったな？」

「ええ。他国と事を構えるにあたって、大規模な軍事用の港が必要でしたから。ある意味で統一の象徴ともいえますね。しかし、それが何か？」

「すぐに解る」

　そう言ってウェインは砦の外に向かう。しばらくして辿り着いたのは、物資の集積所などがある場所で、そこにはニニムが立っていた。

「殿下、お待ちしておりました」

「例のものはそこか？」

「はい。先ほど確認いたしました」

　ウェインが示すのは、集積所のすぐ傍にある古井戸だ。飲料用のものではない。その昔、集積所の火事などの際に使えるようにと、海水を狙って掘られたものである、とフェリテは記憶している。思ったように海水が溜まらず、今は放置されているとも。

そしてどうやら、ウェインの言う見せたいものとは、この古井戸の中にあるようだ。

「よし、行くぞ」

「ちょ、ちょっと待ってください。その中に一体何があるというのです？」

するとウェインは奇妙な問いかけを返した。

「フェリテ、背骨の上には何がある？」

「は？」

戸惑うフェリテを置いて、ウェインはニニムが用意したハシゴを利用して井戸を降りていく。

フェリテがニニムを見ると、どうぞ、と彼女は降りることを促した。

「……ええい！」

今更二人が信用できないとは言うまい。フェリテは意を決して古井戸の中を降りる。

井戸の壁には松明が打ち付けられており、中が暗くて見えないということはなかった。これもニニムが用意したのだろう。しかしそれがフェリテに別の戸惑いを抱かせる。おかしなことに、下を見ると、井戸の底にウェインの姿が無かったのだ。

「あれ、ウェイン――？」

「こっちだ」

声と共に、ひょい、と壁の中から手が伸びた。いや、違う。見えなかっただけで、井戸の底の側面に、人が通れるだけの狭い道があったのだ。

「な、なんですかこの道は……？」

底に到着したフェリテは驚きながらハシゴから降りる。パシャン、と水音。底には多少の海水が残っていた。

「さっきの謎を解けば解る」

ウェインは壁の松明を一本取ると、そのまま通路を進み始めた。フェリテは慌ててそれに続きながら考える。先ほどの謎。背骨の上には何がある？

（背骨の上……背骨の上……何があると言われれば……頭？）

自らの後頭部をさすりながらそう考えた時、雷鳴の如き閃きがフェリテの脳内を駆け抜けた。

「ま、さか……」

「北が上っていうのは、ちょっとした先入観だよな」

ウェインは笑って言った。

「新しき物が満ちる時、義眼に眠る虹が浮かび上がる」

それはフェリテの祖先マレーゼが残したと言われる言い伝え。

この謎かけの中に、パトゥーラの秘宝の在り処があるとも言われている。

「新しきと満ちるは月の満ち欠け。潮の満ち引きを示している」

今日はちょうど満月で、干潮の時間帯。そういえば通路の壁や地面は濡れており、先ほどまで水で満ちていたかのようだ。

「義眼。眼がある場所は頭だ。そして頭があるのは背骨の上。すなわち大陸中心を横断する巨人の背骨の上に位置するパトゥーラ諸島が、頭になる」

まさか、まさかという思いで心臓が跳ねる。通路の終わりは近い。まさか、そうなのか。ここにあるのか。

「そして義眼とは、眼がある位置に作られた人工物を示す。例えばそう、この砦とかな」

マレーゼが建設を指揮した軍事用の港。実はそこにもう一つ、隠れた理由があったとしたら。上に砦を作ることで、地下にある物を隠すという狙いがあったとしたら。

「――着いたぞ」

そして、フェリテは見た。

松明の明かりに照らされて輝く、部屋一面の宝石の鉱床を。

「……何てことだ」

膝(ひざ)から力が抜けて、地面に着く。部屋に残っている海水で膝が濡れるが、気にもしなかった。

「兄上、貴方があれほど欲したものは、こんなところにありましたよ……」

水の中には、何匹もの貝が動いている。アネミア貝だ。その貝殻は虹色に輝いている。マレーゼが稚貝(ちがい)を入れて成長したのか、あるいはどこからか辿(たど)り着き、天敵のいないこの部屋で暮らしてそうなったのか。フェリテには解らないが、どちらでもいいことだった。

「それで、どうする?」

　ウェインは足下にいた貝を一つ、手に取った。貝は驚き、貝殻の中に引っ込む。それを指先で突っつきながら彼は言う。

「戦後の統治に苦戦しているんだろう？　これを持って行けば、また簡単に権威を集められるようになるぞ」

　ウェインの言う通りだ。虹の王冠があれば、楽に人を従えられるだろう。

　そう、とても楽になる。けれど、

「楽をするために、海導（ラドゥ）になったのではありませんから」

　それがフェリテの答えだった。そうか、とウェインは笑って貝を水の中に戻した。

「貴方には多くの借りが出来ていますが、もう一つ頼みがあります」

「ここについて口外するな、だろ。いいさ、パトゥーラは俺（おれ）の国じゃないしな」

「……ありがとうございます」

　フェリテは一礼し、言った。

「ここは封鎖しましょう。誰（だれ）にも、私にも虹の王冠が手に入れられないように。もしも残していては、私の心が弱った時、きっとこれを頼ろうとしてしまいますから」

　ウェインはフェリテの決定に何も言わなかった。ただ満足そうに小さく頷（うなず）くと、やるべきことはすんだとして踵（きびす）を返す。

「それじゃ、戻るとするか」

その背中に、フェリテは声を投げかけた。

「待ってくださいウェイン、丁度良い、前から聞こうと思っていたことが一つあります」

「なんだ?」

「——貴方は、わざと虹の王冠を砕いたのではありませんか?」

あの時、虹の王冠が砕けたのは完全に事故だ。そこに疑いはなかった。

けれど今になると思うのだ。あれは偶然ではなかったのではないかと。

「貴方は虹の王冠だけでは海師達(ケリル)を説得しきれないと考えた。しかし一度手に入れてしまえば、破壊するなどということは私であっても許さなかったでしょう。そこであえて、下にロドルフの船があることを見越して、そこに落とした。落ちたのが海の中だったら、探しに行くことになりますからね」

「……」

「虹の王冠を失うことで、私は覚悟を決められました。人として成長できたと思います。あるいはそれすらも、貴方は計算に入れていたのかもしれない」

「……仮にそうだとしたら、何かあるのか?」

問い返されて、フェリテは頭を横に振る。

「いいえ、何も。ただ、貴方に感謝することが一つ増えるだけです」

そうか、とウェインは頷いた。

それから彼は、にっと笑った。

「終わったことさ。──もう虹の影は追わないんだろう?」

言われ、フェリテはふっと笑った。

「……そうですね、その通りです。戻りましょう。やるべきことが残っています」

それから数日後、ウェインは盛大に見送られながら、ナトラ王国に帰還する。

以後、ナトラ王国とパトゥーラ諸島は世代を超えて長く友好を築くことになるが、それは後世の歴史家のみが知ることであった。

薄暗い部屋に、一人の男が座っている。

彼の目の前には絵を描くためのカンバスがあり、彼の手には絵筆とパレットが握られている。

男はゆっくりと絵筆でカンバスに触れた。色がじんわりと白を染める。そして心のままに、絵筆が走り出そうとして──

「────何故だ!」

怒りとともに、男は絵筆ごとカンバスを床に叩きつけた。

「何故描けない！　私の心は確かに震えたはずなのだ！　故郷を追われた天才が、何一つ掴むことなく愚昧と評した弟に打ち破られる様を、美しいと感じたはずなのだ！」

男はカンバスを何度も何度も踏みにじると、天を仰いだ。

「ああ、神よ！　なぜ私を芸術家にしてくださらないのです！　ただ一枚、たった一枚、私しか描けない絵を許してくださるだけで、私は救われるというのに！」

問いかけに神は答えない。

代わりに、彼の背後から小さな声が届いた。

「どうやらお望みの成果は得られなかったようですね、シュテイル様」

闇の中にうっすらと光が点る。

そこには法衣を纏う女性が一人、座っていた。

「ああ……カルドメリア殿」

男――選聖侯シュテイル・ロッゾは息を整えて、その女性――カルドメリアに向き直る。

「取り乱したところを見せてしまい、お恥ずかしい」

「いいえ、お気になさらず。苦悩を持つこと、苦悩を露わにすること、それは決して恥ずべきことではありません。答えの多くは自分の中ではなく、外にあるのですから」

「なるほど、言われてみればそうかもしれませんね」

力なく笑うシュテイルに、カルドメリアは言った。

「それで、どうですか？　パトゥーラ諸島の様子は」

「残念ながら、フェリテ・ザリフが完全に権力を掌握していました。海師達(ケリル)とも良好な関係を築いているようで、これを崩すのは時間がかかるかと」

シュテイルは続ける。

「また、使者を出した感触としては、先代アロイの方針を踏襲し、大陸の東西とは中立を保つようです。端的に言って、計画は失敗と言っていいでしょう」

シュテイルの属するバンヘリオ王国は、レグルを支援することでパトゥーラ諸島を懐柔し、対帝国の戦力にしようと画策していた。しかしレグルは敗れ、支援は水の泡である。

「困りましたね……」

ふう、と物憂(ものう)げにカルドメリアは息を吐(は)く。

「北のナトラ、中央のミールタース、南のパトゥーラ……大陸の東西を結ぶ公路を支配するこの三つの勢力が盤石では、とても乱世が拡大しません」

シュテイルは頷(うなず)く。

「特にナトラの躍進は凄(すさ)まじいものがあります。王太子のウェイン殿はかのグリュエール王からも認められたとか」

「そうですね……あの国も含めて色々と仕掛けている最中ですが、ウェイン王子はとても勘が良いご様子ですから、どこまで切り崩せるか。本当に困りものです」

「そう言いつつも、カルドメリア殿は楽しそうに見えますよ」

「あら」

カルドメリアは恥ずかしげに頰に手をやった。

「ふふ、年甲斐もなくはしゃいでしまっていけませんね。もっときちんと、大陸の人々が全てを失うよう誠実に計画を立てなくては」

「喪失は人を感動させる原点の一つ。私も協力を惜しみませんとも」

「ええ。東の方でもまた波乱が起きそうですし、もっともっと戦火が広がるよう、共に尽力致しましょう──」

薄い闇の中で、二つの怪物は謀略の芽を巡らせる。

その暗い花がいつどこで咲くのか、知る者はいない。

「やー──っと帰ってこれたな」
ナトラ王国ウィラーオン宮殿。
もはや慣れ親しんだ執務室の椅子に座って、ウェインは深く息を吐いた。
貿易締結の会談に向かったはずが、何とも波瀾万丈な旅であった。得るものはあったが、慣れない船旅もあり、さすがにしばらく休養が必要だ。

溜まっていた書類をある程度片付けたら、のんびりしよう。そう決めたところで、ウェイン は視線を自分の膝へ向ける。

「――で、フラーニャ、何をしてるんだ?」

自分の膝の上。そこには妹フラーニャが座っていた。

フラーニャはつんとそっぽを向きながら言った。

「お兄様は気にしなくていいわ。私が勝手に座ってるだけだから」

「いやこれを気にするなというのはなかなか難しいが」

「気にしなくていいのっ」

「解った解った」

どうやら長旅で構ってやれなかったことで、へそを曲げているようだ。兄として、どうにか ご機嫌を取らねばなるまい。

「それでお兄様、旅はどうだったの?」

「え? ああ、なかなか面白かったぞ」

「ふーん」

しまった。このふーんは不機嫌度が上がったふーんだ。自らが失策を冒したとウェインはす ぐさま理解した。

「ま、まあなんだ、次に機会があれば一緒に旅行とか行こうじゃないか」

慌てて取り繕うが、疑わしげな視線が突き刺さる。

「……国の代表のお兄様と私が行けるの？　一緒に」

「はっはっは、この兄を信じろフラーニャ」

「……」

いかん、信じられてない。

一昔前のフラーニャならそのまま頷いただろうに、これもフラーニャが成長した証(あかし)だろうか。そういえば両足に伝わる重みも以前より増えている気がする。

「お兄様、何か失礼なこと考えてない？」

「か、考えてないぞぉ！　俺はいつでも完全無欠なお兄様だからな！」

「ふーん」

相手の機微(きび)を察知する能力も向上しているらしい。妹がいつの間にやら油断ならない相手になっていたことに、ウェインは戦慄(せんりつ)を抱いた。

「……まあいいわ。お兄様が無事に帰ってきてくれただけで嬉(うれ)しいもの」

「フラーニャ……」

「ところでトルチェイラ王女は？　帰ってきた中にはいなかったみたいだけど」

「ああ、彼女ならパトゥーラ諸島での出来事の報告をグリュエール王にな。戻ってくるのにしばらくかかるみたいだ」

「——つまりそれまで私がお兄様を独占できるわけね」

一転してフラーニャは嬉しそうに笑った。

「お兄様、島であった出来事を全部教えて」

「ぜ、全部?」

「そうよ。トルチェイラ王女のことだから、私に島の出来事を自慢げに喋るに決まってるわ。だから先回りして全部知っておくのよ……!」

何やら決意に燃える妹に、ウェインはなんとも言えない表情を浮かべたが、まあそれで妹の機嫌が治るのなら安いものだと思い直す。

「というわけでお兄様、さあ」

「ああ、しかし色々あってな。例えばそう——牢屋に入れられた」

「えっ」

「自分の身代金を金貨二十万枚につり上げた」

「えっ」

「あとパトゥーラの秘宝をたたき割った」

「一体何をしてるのお兄様……!?」

「色々あったんだ、色々。まあゆっくり話すとしよう」

さすがに全てを語りきるのには時間がかかる。

しばらくはのんびり出来るだろうから、その時間を妹と共に過ごせば良い。

そう思った時、執務室の扉が叩かれた。

「殿下、失礼します」

現れたニニムは、ウェインに向かって書簡を示した。

「先ほど帝国の密偵からこのような報せが」

「……嫌な予感がするんだが」

「同感です」

しかし帝国の情報となれば、投げ捨てるわけにもいかない。

ウェインは覗き込むフラーニャにも見えるように書簡を開き、それに目を通す。

そして、驚きを口にした。

「――帝国で、戴冠式が行われるだと？」


新たな年を迎え、紆余曲折の末にパトゥーラ諸島と友好を結んだナトラ王国。

しかしヴーノ大陸には、新たな波乱が巻き起ころうとしていた――。

あとがき

皆様お久しぶりです、鳥羽徹です。

この度は「天才王子の赤字国家再生術6～そうだ、売国しよう～」を手に取って頂き、誠にありがとうございます。

今作のテーマはズバリ海！　前巻のソルジェスト王国との戦いで手に入れた港を活用するため、ウェインが南の島へ向かうお話となっております。西とも東とも違う新たな地でどのような物語が始まるのか、是非皆様の目で確かめてください。

さて、そんな感じの六巻なのですが、ここで一つ謝罪をば。前回の後書きにて日常回にするかもと言っておりましたが、すみません、見事に予定外になりました……！

慣れないテーマに悪戦苦闘して思った以上に筆が進まず、これはいかん、ということで本編を進めることに……期待してくださっていた読者の皆様には本当に申し訳ありません。これが形になるのは、ちょっと時間がかかりそうな感じです……。

日常回や学生編を書いてみたいという思いは消えていませんので、何卒お待ち頂ければと……。

ではここからは謝辞と告知を。

まずは担当編集の小原さん。今回は本当にヤバくて申し訳ないです。はい、すみません。さすがに反省しました……いえ、毎回反省はしてるんですが……。

イラストレーターのファルまろ様。今回も素晴らしいイラストをありがとうございます！　南の国ということで薄着だったり水着だったり、普段と違う装いのウェインやニニムが見られて新鮮でした！　水着またどこかで出したいなあ……。

コミカライズ担当のえむだ先生にも感謝を。漫画で描かれるウェイン達がとにかく楽しくて可愛いです！　連載の方は原作一巻後半に差し掛かっていますが、あの場面やこの場面はどんな風になるんだろうな、と楽しみにしています！

さらにこちらは告知になりますが、コミカライズの一巻が原作六巻と同時期に発売予定です！　六巻と併せて是非コミックの方も手に取ってみてください！

そして最後に読者の皆様、いつも応援ありがとうございます。お陰様でもう六巻になりました。十巻の大台も見えてきそうな感じです。コミック共々今後ともよろしくお願いします！

次の七巻ですが、東の帝国編になるかと思います。跡目争いで今もなお荒れる帝国で、今度はウェインがどんな騒動を引き起こすのか、期待してお待ち頂ければと思います。

それではまた、次の巻でお会いしましょう。

**ファンレター、作品の
ご感想をお待ちしています**

〈あて先〉

〒106－0032
東京都港区六本木2－4－5
SBクリエイティブ（株）
GA文庫編集部 気付

「鳥羽　徹先生」係
「ファルまろ先生」係

**本書に関するご意見・ご感想は
右のQRコードよりお寄せください。**

※アクセスの際や登録時に発生する通信費等はご負担ください。

https://ga.sbcr.jp/

天才王子の赤字国家再生術6
～そうだ、売国しよう～

発　行　　2020年2月29日　初版第一刷発行
　　　　　2022年2月 3日　第四刷発行

著　者　　鳥羽　徹

発行人　　小川　淳

発行所　　SBクリエイティブ株式会社
〒106－0032
東京都港区六本木2－4－5
電話　03－5549－1201
　　　03－5549－1167（編集）

装　丁　　冨山高延（伸童舎）

印刷・製本　中央精版印刷株式会社

ISBN978-4-8156-0535-3

Printed in Japan

GA文庫